中国古典
之门丛书

狐鬼见人道

解读《聊斋》80 篇

HUGUI JIAN RENDAO

杜永道◎著

语文出版社
·北京·

图书在版编目（C I P）数据

狐鬼见人道 / 杜永道著. -- 北京 ： 语文出版社，
2014.10
（中国古典之门）
ISBN 978-7-80241-943-8

Ⅰ. ①狐… Ⅱ. ①杜… Ⅲ. ①《聊斋志异》—小说研
究 Ⅳ. ①I207.419

中国版本图书馆CIP数据核字(2014)第216788号

责任编辑	李　勇　谢　惠
装帧设计	梁　明
出　　版	语文出版社
地　　址	北京市东城区朝阳门内南小街51号　100010
电子信箱	ywcbsywp@163.com
排　　版	语文出版社照排室
印刷装订	北京市兆成印刷有限责任公司
发　　行	语文出版社　新华书店经销
规　　格	787mm×1092mm
开　　本	1/16
印　　张	16.75
字　　数	202千字
版　　次	2015年3月第1版
印　　次	2015年3月第1次印刷
印　　数	1-4,000
定　　价	36.00元

010-65253954（咨询）010-65251033（购书）010-65250075（印装质量）

助你“用”《聊斋》（代序）

本书推介了80篇聊斋寓言。对每个故事，先简洁生动地交代故事脉络，让读者很容易地记住故事，然后揭示其中蕴含的启迪心智的哲理或者抚慰心灵、激励斗志的“药方”。

整部《聊斋》可以说是一部寓言集，而蒲松龄寓言的神妙作用在于作品产生的强大说服力和幽默感。

阅读本书不仅可以让读者在遭遇磨难曲折时受到启发鼓舞，而且能帮助读者在写作、发言、讲课时信手拈来地运用和灵动地阐释《聊斋》寓言故事。同时，读过本书的人，都能自如地运用这些“寓言故事”。这是我撰述的第一个目的。

从每个故事中抽绎出来的道理是着眼于全篇的。也就是说，是通过观察故事全貌而归纳出的一个哲理。当然，故事局部也蕴含了若干事理，但本书一般不多涉及。

归纳这些事理的时候，“疗伤”是其中一个出发点。当代社会生活节奏很快，竞争激烈，莘莘学子、年轻上班族在奔忙、摩擦、碰撞中心里常常“受伤”，而本书归纳出的这些真谛将有助于人们“疗伤”。这是我著述的第二个目的。

狐鬼的奇异行为和超凡力量于新异神奇之中，也投射出一种道德的指向。这种指向，符合民族传统道德规范，故而笔者有时也联系一点儿有关的故事或成语以帮助读者深化认识。

我希望，读者读这本书时犹如在盛夏步入有空调的整洁、优雅、静谧的高档餐厅，慢慢享用摆在自己面前的色香味俱佳、有益身心的套餐。同时，也希望读者在轻松欣赏蒲松龄妙笔下一个个优美奇幻的狐鬼传奇时，能够品尝一道道味道醇厚的心灵鸡汤。

宝石折射出的色彩不止一种。当人们徜徉于狐鬼世界时，除了笔者所叙说的之外，还会获得这样那样的有益启示。

杜永道

2013 年 3 月 20 日

目　录

HUGUI JIAN RENDAO

1.《宦娘》
——心态取向与事情成败

书生温如春自幼喜欢弹琴。有一次，他在寺院看见一位道士身边放着琴，便问："您也喜欢弹琴?"道士称弹得不好，老想找人学。温如春弹了一曲，道士只是微笑了一下。温如春使出浑身解数再弹，道士说："还好。"他便请道士弹奏。道士刚弹了几下，便让人仿佛感到有一股和煦的春风吹来，不一会儿，许多小鸟也被美妙的琴声吸引而来落在了树上。温如春大惊，遂急忙请教。在得到道士指点后，温如春回家勤学苦练，琴艺终于炉火纯青。

一天傍晚，温如春回家时路遇大雨，匆忙中躲进一户人家屋里。此时，恰好从里屋出来一位姑娘，见有生人便退了回去，但温如春对美似天仙的姑娘却十分倾慕。他向出来招呼的老妪借宿，她给他拿来了一些稻草，而温如春则借机谦恭地表示愿跟姑娘结百年之好。老妇告知那是侄女"宦娘"，但婉言拒绝了他的求婚。由于草湿不能睡，温如春只好坐着弹琴，天一亮便匆匆离去。

退休官员葛先生好结交文人雅士，请温如春去家里弹琴。如春见葛先生的女儿葛良工不仅美貌非凡且善写诗词，便心生爱慕并托媒人提亲，但葛先生却没瞧上温家，而听到琴声的良工早已心仪如春。

良工在花园里捡到一首词，觉得不错便抄写了一遍。葛先生偶从女儿门口经过，见地上有张纸，拾起一看是良工写的词，词句十分艳丽。葛先生想，还是把女儿早点儿嫁出去好。

恰好某官员儿子来求亲，谈吐得体，相貌清秀，葛先生挺高兴。不料，客人走后座位上落下一只女人绣鞋，葛先生见是浪荡公子，就回绝了。

葛家有一种珍稀的绿菊花，从不外传。一天，温如春偶然发现自家院里有一两株绿菊，便请朋友来赏，而葛先生听说后也来观赏。这天温如春又拾到一首词，很喜欢便拿到书房加了些评语，而葛先生来时见到了这首词，发现跟女儿写的一字不差。他回家让夫人诘问，又问绿菊是不是女儿送温家的，女儿坚决否认并急得大哭。

夫人说不如干脆把女儿嫁给温如春，葛先生一思忖领首赞同了。

如春闻讯，满心欢喜。此时，他碰上个蹊跷事：家里的琴，有时不弹自鸣，像谁在学自己弹奏。如春示范了几次，那琴声居然跟着进步了。

如春跟良工完婚后，良工听说温家怪事，就从家里取来了一面照妖镜。温如春一照，发现竟然是宦娘！宦娘告诉小夫妻自己是鬼，女人绣鞋、那首词和温家绿菊都是自己所为。小两口儿忙拜谢她的好心撮合。

温如春应宦娘请求，弹奏乐曲并详细讲解了演奏技法。良工向宦娘请教弹筝，宦娘弹奏后细说技巧并写下了曲谱。

宦娘告别时留下一张自己的画像，说："若想起媒人，点上一炷香，对画像弹琴，我就会听到……"

这是一个美丽的故事，也是一个引人思索的故事。故事最终的结局，可以说跟每个人物的心态取向密切关联。

宦娘听到温如春美妙的弹奏后心生爱慕，却因人鬼相异无法如愿，但她并未因此疏远如春或心怀怨愤，而是继续以善良之心对待如春。这就给自己留下了一个舞台，一个施展的空间。当她发现如春跟葛良工情投意合却不能如愿时，她丝毫不嫉妒良工，并以人们无法察觉的方式，一次又一次暗助这对有情人结为伉俪。

看到两人好事已成，宦娘来向如春讨教琴艺，还以自己高超的技艺教良工弹筝。最后，在艺术欣赏获得极大满足和演奏技巧得到大幅提升后，她悄然离去。而她的离去多少让人们感到有些遗憾，但我们同时看到，在情感失落后她以积极的态度对待温、葛，最终获得他们诚心诚意的拜谢，并使得自己的艺术造诣达到一个新的境界。宦娘这种包容的自我“疗伤”的心态取向，使得她的精神世界温暖而丰富。在生活中，不图任何收获而帮助有难处的人，会像宦娘一样使自身胸怀开阔而舒展，心里收获一片融融暖意。

温如春第一次求婚失败后，虽然有些沮丧，但并未气急败坏地摔门而去，因为草湿无法入睡便坐着安然弹琴。第二次求婚失败后，他也没有发火或对葛先生说些冷嘲热讽的话，仅仅是不再登门了。由于这种适当的心态取向，他给未来的岳父葛先生留下了良好印象，也给自己预留了以后从容面对葛先生的机会。倘若第一次求婚失败就懊恼不已，坐在草上愁肠百转、唉声叹气，宦娘就不会听到他那美妙的琴声而倾心；倘若他第二次求婚失败后，出言不逊甚至诅咒葛先生，也不会有葛先生来他家观赏绿菊从而看到那首词的事了……可以说，两次得当的心态取向成就了他的如意婚姻。当我们求助他人未果时，不埋怨不怨恨，而是继续有礼而友好地与之相处，这其实是给自己留下了更多余地，甚至是某种机会。

葛良工得知弄出琴声的原来是温如春的“初恋情人”时，并未醋意大发，而是很安静地跟宦娘一起聆听温如春的弹奏。温如春演奏之后，良工还特意向宦娘请教古筝，并请她弹奏。宦娘弹奏时，良工还为之击节赞叹。宦娘离去时，良工还跟如春一起极力挽留。良工知道，温如春跟宦娘原先的恋情已像流水一样过去了，且宦娘巧施计谋促成自己跟如春的婚事，她就是自己的恩人。这样的心态取向最终促成了故事的圆满结局，良工跟宦娘像好友一样分手了。假若良工对宦娘冷淡，必然“一人向隅，举座不欢”，而良工的良好心态使得三人都感到一种惬意和快慰。一个人抛弃了莫名的嫉妒，等于抛掉了伤及自身脾胃的腐烂苹果，还给自己营造了和谐友善的环境。

葛先生做事留有余地。当他看到女儿抄写的“艳词”时，并未痛加斥责，而是隐忍不发，并托媒人慢慢给孩子找婆家，这样就维系了跟女儿的良好关系。而当他掌握了良工跟如春私下往来的“证据”之后，也没有当面质问女儿，而是通过夫人询问，因为他知道母女连心，这种“迂回处理”不会激起矛盾。良工否认后，他便作罢而不再一味追问。在他发现如春书桌上的“艳词”跟女儿的一模一样，没有立即发难并查究绿菊来源，而是先回自家盘问女儿，这也给他跟如春的关系留下了充分的空间。

葛先生没有攀附权贵的心态。当他发现来求婚的官员之子是个轻薄后生则当即婉拒对方，任凭公子怎么解释也未应允。另外，葛先生的心态没有“霸气”，不独断专行。夫人建议将良工许配如春，他权衡后欣然赞同。这一举措最终促成女儿“婚姻难题”的完美解决，给女儿带来了终身幸福。

葛先生处事积极而包容，不计细故，因此能让自己的人际关系变得更好。在现实生活中，遇事不急于发作，而是多想想他人处境和他人感受，这样会处理得更稳妥、得当。

这一心态帮助故事中的几个人物最终收获了完美结局。倘若这几个人物中有一人心态取向与上面说的背道而驰，都将导致这桩圆满婚姻难以实现，也将使几位人物命运走向黯淡乖舛。

2.《聂小倩》

——生活中的原则性与宽容性

书生宁采臣投宿一座荒庙，院内无人，仅南面一室似有人住。傍晚，采臣见一人进了此屋遂上前相见，得知他叫燕赤霞，而宁采臣跟赤霞聊了好半天方回屋就寝。

半夜时分，听到外面有个妇人跟一女孩儿说话，他听了几句就睡了。正迷迷糊糊，忽然觉得有人进屋，他忙一骨碌爬起来，见是个女孩儿，便问有什么事。女孩儿说想跟他一起睡。宁采臣严肃地说："你应防别人议论，我应防别人说闲话。一旦失足，就会丧尽廉耻。"女孩儿说夜里没人知道。宁采臣厉声道："快走！不然我喊南屋人了。"女孩只好退出，顺便把一锭金子搁在采臣床头。采臣拿起掷到院中，斥责道："不义之财，会弄脏我的口袋！"

第二天，一个应考的书生借住寺内，不料当天夜里就死了，而他的仆人也于次日亡故。

夜晚，女孩儿又来了，说："你是个刚直的人，我不敢欺蒙你。我叫聂小倩，十八岁就病死了埋在寺院旁，受妖怪威胁用容颜迷惑别人，干了不少坏事。对跟我亲昵的人，我用针扎他脚心使其昏迷，然后抽血供妖精喝，而谁拿我留下的金子谁的心肝就会被摘走，但这是我不愿意做的。你若把我的朽骨带到清净地方安葬，我将感激不尽。明晚，夜叉可能来杀你，跟剑客燕赤霞同住可免灾。”

第二天晚上，宁书生跟剑客赤霞住在一起。半夜时，采臣望见窗外隐约有人影晃动，而且样子很恐怖，当他刚要喊赤霞时，只见一道白光从赤霞箱内飞出直击窗外人影，随后白光返回了箱子。次日起来，发现窗外地上有一摊血。

采臣到庙旁，按照小倩说的找到一棵白杨树，树上果然有个乌鸦窝。采臣将树下坟堆挖开，把小倩朽骨包好后租船返家。

回到家，宁采臣在离家不远的地方安葬了朽骨。他刚转身走，便听身后说：“请等等我。”回头一瞧，是小倩。小倩感谢道：“你讲信义，将我迁至这清净处所，我将永世报答不尽。我愿随你回去，做个小丫头。”

到了家，小倩跪在地上拜见宁母，说：“我远离父母兄弟，承蒙公子关照，让我摆脱了困境，我愿意侍奉他。”宁母得知小倩是女鬼有些害怕，见她模样很可爱便稍安些心，说：“姑娘肯照顾我儿子，我老太婆当然高兴，但我就这一个儿子，还指望他传宗接代，不敢娶鬼妻。”小倩说：“愿把公子当兄长，并尽心侍奉您老人家。”宁母看她态度诚恳，也就答应了。小倩想拜见久病卧床的嫂夫人，宁母说多有不便，小倩便没去。小倩勤劳操持家务，尊敬老人，很合宁母心意。

晚上，小倩到采臣书房读经。夜深了，采臣说：“这儿没别的床，兄妹之间也应避嫌。”小倩说：“我是外来孤魂，特别怕到荒郊的墓地去。”她愁眉苦脸地慢慢走出书房，下了台阶没影儿了。采臣见她可怜，想给她在书房放张床，但怕母亲责怪，又作罢了。

天长日久，宁母跟小倩渐渐熟了，愈来愈疼爱她，甚至忘了她是鬼变的，晚上还留下她跟自己一起睡。小倩每天从早忙到晚，采臣母子都很喜欢她。不久，采臣妻子病逝。宁母想收她做儿媳，但担心不生育，小倩则预言采臣将有三个男孩儿。于是，宁家延请亲友，举办婚宴。小倩穿戴一新，大大方方跟亲友见面。众人目睹她的花容月貌都惊呆了，说简直是仙女。婚后，他们生活非常美满，不久小倩就生了个男孩儿。

宁采臣所表现出的原则性是整篇故事的基础。当小倩在寺庙的月明之夜走进他的房间，表示要跟他亲昵时，采臣严词拒绝。他明确表示：一旦失足做了一次不当的事情，便会从此丧失行事的道德规范。也就是说，不做苟且之事，是采臣内心不可动摇的一道底线。在他看来，这个口子绝对不能开，一旦开了不但自己会道德沦落，而且遗患无穷。采臣还坚决拒收小倩无缘无故留下的金子。在他看来，这是不义之财，是不干净的，绝对不能贪取。正是由于采臣毫不动摇地坚持了自己的两个原则，因而丝毫没给鬼魅任何机会，得以成功地保全了自身。假若采臣在美色和金钱的两个诱惑前有一个闪失，便立即命归黄泉，此后的故事也就无从谈起了。在现代生活中，必须坚守道德底线，即使一时有许多困难，也仍有前行的机会；而一旦丧失道德底线，往往会失去所有前行的机会。

宁采臣的原则性是他获得幸福的保证。小倩在他家居住时，宁采臣婉拒小倩在自己书房过夜，说兄妹也应避嫌。宁采臣在这里坚持的也是一条道德底线，倘若他留下小倩过夜，那么此后就可能发生各种各样违背道德规范的举动。采臣坚持原则的做法使得此后家庭生活更加理性、和谐、幸福，而守住道德底线则有益于家庭稳固。同时，坚守道德底线还是人生之舟不倾覆的有力保障。

采臣在坚守原则的同时又是宽容的。当小倩恳切表示悔过自新后，采臣宽容地予以肯定，并信守承诺地将小倩尸骨从妖怪控制的地方迁移到远方清净处。这一善举挽救了小倩，也打开了自己的幸福之门。

宁母的举止也显露出原则性和宽容性。小倩初来，她不同意小倩嫁给儿子。这虽然是从传宗接代考虑的，但也有利于患病儿媳的康复。若采臣妻子得知丈夫在自己罹病时纳妾，肯定会加重病情，而宁母的拒绝则维系了家庭的安宁和稳定。同时，宁母也不同意小倩去拜见嫂夫人，以免刺激病中的采臣妻子。但宁母又是宽容的，她见小倩言辞恳挚，且确实无处可去，就同意小倩留下跟儿子以兄妹相称。而且宁母虽知小倩是鬼变的，但看她终日劳碌、孝敬老人、关心儿子，不久便留下小倩跟自己睡。宁母的宽容之举，给此后和美的家庭生活埋下了伏笔。

对小倩来说，最重要的和首要的事情就是原则的重建。她找到采臣，表示要改弦更张“重新做鬼”。也就是说，对妖精的屈从和鬼魅伎俩在采臣面前的碰壁引发了她的思考和反省，她决计重建自己的原则。导源于此，才生发出一系列变化，小倩的境遇才得到了一步步改善。

原则的转轨，使小倩得以成功终结浑浑噩噩的日子。

从小倩的角度来说，宁母、采臣对她的宽容善举，是小倩用自己的实际行动争取来的。她向采臣透露了寺庙里的妖怪加害采臣的时间，并告诉他躲避灾祸的办法，从而赢得了采臣的宽容。她在宁家一天忙到晚，大大缓解了宁母的辛劳；她对上孝敬老人，对下尊重采臣……这一系列举动，给他人“释放宽容”创造了条件。若小倩不付出这些持续的努力，则是很难获取宁家宽容真情的对待的。

原则性让人避免伤害，而包容性则给自己留下广阔空间。所以，原则性和宽容性是人生之旅前行的车之两轮与鸟之双翅。

3.《王桂庵》
——言行轻率失当，必给自己放置绊脚石

王桂庵是河北的世家子弟。他到南方办事，船中途在长江边停靠，于是他便站在船头看风景。忽然，他发现邻船上坐着位文雅秀丽的姑娘，正在神情专注地绣鞋。桂庵媳妇去世后一直未续弦，他看见这个姑娘十分中意，便高声吟诵唐诗来传情。姑娘略一抬头斜瞟了他一眼，又低头刺绣了。桂庵掏出一锭银子扔过去，姑娘捡起来顺手扔到岸上。桂庵只好讪讪捡回，然后他又扔过去一枚金钏。恰好这时船主回来了，桂庵急得抓耳挠腮，姑娘从容地用脚把金钏遮盖起来。

船家解开缆绳，开船走了。桂庵忙向周围船家打听刚才的船，船家都回答不认识。想追，船已无影无踪了。桂庵后悔没马上托人说媒，只好先去南方办事。事毕又沿江打听，依然杳无音信，只得回家。

一年后，桂庵租了条船在江边游弋，向过往船只打听那条船和船上的姑娘，可依然无半点儿信息，最后盘缠用光了才回去。一天晚上，他梦见自己进了个村子，走进了一家院子，院子里树上的花

都开了。他走入屋子，发现衣架上有女人裙子，忙退出。主人发觉有人来，追出询问。桂庵一回头，发现正是自己要找的姑娘，非常兴奋。刚要搭话，姑娘父亲回来了，他一惊便醒了。

又过了一年，桂庵到江边镇江朋友家做客。不料路上误入一个村子，桂庵发现村中景象与梦中一模一样，便找到了姑娘家。姑娘果然在屋里，桂庵正要招呼，而姑娘“砰”的一声把门关上了，并隔窗斥问：“哪儿来的男人?!”桂庵忙说：“你忘了扔金钏的人了?”接着述说了自己的寻觅经过和相思之苦。姑娘问他的家庭，他一一据实回答。姑娘说：“你既是官门之后，家中必然早有妻子，找我干吗?”桂庵忙说：“要不是为了你，我早就成亲了。”姑娘又说：“果真如你所说，倒也足见你的诚心。我的心事也难跟父母说，但已经拒绝了几次求婚了。你回去请媒人来正式提婚，假如你用非礼的手段强行成婚，那你可打错算盘了。我父母马上就回来，你快走吧!”桂庵刚走没几步，姑娘叫了声“王郎”，说：“我叫‘芸娘’，姓‘孟’，父亲叫‘孟江篱’。”

桂庵见了孟先生，说明来意，并奉上一百两银子作为聘礼。不料，孟先生说女儿已许配人了。桂庵的朋友托人去说明实情，孟先生才依允，并说：“昨天公子以银子做媒，大概以为我会为金钱所动，故不敢高攀。”征得女儿同意后，答应了婚事。成婚后几日，桂庵夫妻乘船北上。闲谈时，芸娘提到两人初次相见，说：“可笑你当时眼睛瞪得圆圆的，一次次用金银来勾引人。”桂庵跟芸娘开玩笑说，其实自己家里有妻子。芸娘信以为真，脸色骤变，沉默了一会儿后投江自尽了。桂庵号啕大哭、追悔莫及，雇人打捞，不见踪影。

桂庵回家后，怕芸娘父亲来探望闺女，便去河南亲戚家躲避。一年后返回时路遇大雨，躲进了一户人家。这家老太太抱着一个男孩儿，孩子扑过来让他抱。雨过天晴，桂庵正要离去，孩子哭着说：

“爹爹走了！”老太太把孩子抱进里屋，忽然一个美丽的少妇抱着孩子走了出来，竟然是芸娘！桂庵这才知道，刚才的男孩儿是自己的儿子。原来芸娘投江后，被这家老汉让人救起。老夫妻见她是良家女子，便认作干女儿。十个月后，芸娘生了个男孩儿。真相终于大白，大家都高兴起来。夫妻俩携子及老夫妻一起回家，恰好此时孟先生已经在此等两个多月了。

王桂庵虽然是显贵人家的子弟，但行为规矩，并不胡来。

他看见船头秀美绰约的芸娘后心生爱慕，心急无暇细想就扔了银子、金钏给姑娘。这显然是不当之举，好像用金钱就可以俘获对方芳心，此举也包含了对姑娘的失礼。芸娘对此记忆颇深，甚至当桂庵找到芸娘且她表示愿意嫁他时，还特别提醒桂庵：“假如你用非礼的手段强行成婚，那你可打错算盘了。”这话就是冲着他扔银子、金钏之举而说的。两人成婚后，芸娘还拿这件事来取笑桂庵，说：“可笑你当时眼睛瞪得圆圆的，一次次用金银来勾引人。”足见这个不当之举对芸娘自尊心伤害有多大，若不是桂庵用实际行动打动芸娘，她是绝不会同意这门亲事的，因为用金钱成就的婚姻往往埋下了隐患。

芸娘表态同意后，桂庵去找芸娘父亲提亲，一见面没说几句就摆出了一百两银子。此亦为不当之举，以致姑娘父亲误认他是富贵人家的轻薄子弟，坚决婉拒。这给桂庵带来了很大的痛苦，芸娘父亲后来解释说：“昨天公子以银子做媒，大概以为我会为金钱所动，故不敢高攀。”从这句话可以看出，桂庵这次的不当之举伤害了老人的自尊心。虽然老人在他人介绍情况后原谅了他，但心底还是有些不放心，所以在桂庵跟芸娘成婚后专门前去探望女儿，甚至在王桂庵家等了两个月。因为有过不当之举的人总会让人有些不放心，这也是正常的情况，所以只有用实际行动才能最终证明自己。

如果说桂庵的不当之举给自己和他人造成了一定伤害，他一时兴起轻率开玩笑的不当之语造成的祸害就更大了。成亲之后，夫妻俩闲聊，桂庵图一时口舌之快，竟然假说自己已有妻室。这个玩笑非同寻常，而且开得太大了。芸娘当即脸色骤变，沉默了一会儿便投江自尽了。也就是说，桂庵的不当话语闹出了人命，虽然桂庵立刻找人打捞，也号啕大哭、追悔莫及，但又有什么用呢？他为自己的不当话语付出了沉重代价——心情痛苦万分，被迫离家出走。由此可见，过头玩笑话不是取乐，而是“取祸”。

相比之下，芸娘处事慎重，举止得当。头一次跟桂庵碰面时，她看到抛来的银子便捡起来顺手丢弃岸上，这是十分正确的做法，因为这既表示了坚拒金钱诱惑的自尊自爱，又小小惩罚了对方，让对方自己上岸取回。但是她并未把银子扔到江里，那样做倒稍显不当。因为对方并未说过分的话，只是表达情意，且此前芸娘听到桂庵吟诵唐诗已知道他是风雅之士。

芸娘用脚把桂庵投过来的金钏遮住的举动也是得当的。桂庵只是投掷金银，并无其他“丑陋行径”，大体还在正常范围之内，若让父亲发现必然羞辱桂庵一番。芸娘这样做，不但给自己留下了机会，而且还得以继续考察桂庵。如若被父亲骂一顿，桂庵或许再也不敢追求了。

芸娘的话语也十分得当。她答应桂庵求婚的同时，不忘提醒对方切勿采取不当手段求亲。这话显然是针对桂庵此前的表现而言的，而且是很有必要的。在生活中，不仅跟恋人相处，而且跟领导、朋友、亲属相处或做事都应有个分寸问题，分寸得宜则有利于长久相处。

桂庵的不当言行不但伤害了媳妇、岳父，而且也害了自己。所以，言行轻率不当不仅伤及他人，最终也必伤及自身。

4.《婴宁》
——不计细故、胸襟大度的精神境界

王子服郊游时遇到一个姑娘，容颜姣美，他非常中意。回家后，他整日思念，失魂落魄，病了。一位亲戚帮他打听多日也找不到，就假说在西南三十里的村子里。王子服沿山间小路摸索到一个村庄，在村边一家院里还真见到那个姑娘。子服自称是寻亲，跟这家的老太太聊起来，而老太太竟然是子服的姨妈。姨妈叫姑娘出来相见，说女孩儿是自己收养的，叫“婴宁”，并让他带婴宁回去见子服母亲。

王母说的确有个姐姐，不过早已过世，但看婴宁的相貌，似乎有点儿像故去的姐夫。亲戚告诉王家，婴宁可能是子服姨夫跟狐狸精生的女儿。

婴宁每天早早起来给王母请安，针线活儿做得精巧绝伦，就是整天喜欢笑，但笑时也不失妩媚，媳妇姑娘都爱跟她来往。

王母选好吉日让子服跟婴宁成亲。行新娘礼时，婴宁笑得前仰后合，几乎不能直腰，只得作罢。王子服觉得她过于娇痴，怕她泄露房中之事，但她从不提说。每逢王母忧愁时，婴宁笑嘻嘻前来侍奉，王母不觉间眉头舒展。仆人犯了错，请婴宁去求情，常得以免去责罚。婴宁很喜欢花，到处搜罗好花，院子里栽满了各色鲜花。

西邻家的儿子见到婴宁一个劲儿盯着看，婴宁依然像平时一样笑着，那人以为婴宁对自己有意，心里更加淫荡起来。婴宁指了一下墙根，从花架上下来走了。邻家儿子以为指给他幽会的地方，傍晚偷偷来了，果然看见婴宁在墙根，遂上前非礼。忽然，他感到下身刺痛难忍，便大叫起来滚到一边了。当他细看时才发现，墙根里不是婴宁，而是一段朽木。其父点火一照，发现朽木上有个大蝎子，便立即打死了，而邻居的儿子到半夜就死了。邻家把子服告到县衙，县官知道子服是规矩的读书人，便判其邻居诬告，并准备行刑。最后子服求情才免了刑罚，放了回来。

事后王母对婴宁说："你整天憨笑，要知道过分快乐必然隐藏祸事。这次多亏县官明察，咱家才未受牵连。若遇糊涂官，必把你抓到公堂对质。那样，咱家人还有什么脸面见亲戚朋友?"

此后，婴宁真的不再整天发笑，但也从未有悲伤的表情。

一天晚上，婴宁对子服说："我是狐狸精生的，母亲临终把我托付鬼母，依靠她生活了十几年。她至今孤单地埋葬着，如果能跟丈夫合葬，她在九泉之下便无遗憾，也了却了我的心愿。"根据婴宁指点，子服找到鬼母墓地，两人将其与丈夫合葬。每年清明，夫妻俩都去祭拜。

一年后，婴宁生下了一个儿子，不但不怕生人，而且见人就笑，颇有母亲风度。

婴宁整天快乐地笑，从不忧愁。她有着童稚般的纯真，但她也不是只知道嘻嘻哈哈、没心没肺。婆婆忧愁时她去宽心，仆人受到责罚时她去说情，可见其心底的善良。她不外泄跟新郎的房中之事，可知她并不“缺心眼儿”。她惩治邻居坏人虽有些过分，但显现出她是非分明，且有强烈的爱憎。

当官司过去且一切风平浪静时，婴宁想到抚养自己给予自己无数关照的鬼母，请求王子服设法让鬼母跟丈夫合葬。这流露出她知恩图报的情怀，从一个侧面显现出婴宁的仁爱之心，但这些还不是作者要表达的核心内涵。

笑口常开的婴宁跟别人一样会遭遇许多烦心事。例如婚后跟丈夫交流，跟婆婆相处，跟仆人打交道，跟邻家媳妇姑娘来往，其间自然难免磕磕碰碰生出许多不愉快的事，但婴宁都能襟怀宽广地淡然处理，始终笑意盈盈。

婴宁还把自己这种洪量传递给他人：她把自己发自内心的笑传递给丈夫、婆婆、仆人、邻居，因此，她成为深受周围人们欢迎的漂亮媳妇。俗话说，哪有马勺不碰锅沿儿的，宽容待人其实也是宽容对待自己。

婴宁也有哭的时候，当她跟子服迁葬鬼母时，曾抱着鬼母尸身大哭不止，但这是亲情的泪、感恩的泪。迁葬完毕，鬼母夫妻团圆，这时她的内心得到了慰藉和满足。

笑呵呵的婴宁或许因为自己的厚道而有所失，但她收获了自身平静的心态，收获了美满和谐的家庭，收获了周围人的笑靥和迎迓。

唐代学者成玄英说：“撄，扰动也。宁，寂静也……（“撄宁”的意思是）虽撄而宁者也。”也就是说，“撄宁”是指：虽然喧嚣的尘世给人带来许多困扰，但人的内心仍然可以平静对待。

如此看来，“婴宁”的名字即由此而来。蒲松龄在他写的《趺坐》（“趺坐”的意思是盘腿端坐）一诗中说：“闭户尘嚣息，襟怀自不撄。”这两句诗的含意是：关起门来在家里（盘腿端坐）独处，世上一切纷扰、杂沓的声音都被隔绝在外面，自己心里自然宁静不乱。现代社会中，亲属之间时有金钱、房产的争端，不妨大度一些，如此就能卸下烦恼，宁静许多。

一位百岁高寿的老人说，自己有时是听不见别人的话，有时是听见了装没听见。不计细故、胸襟大度的人，才能快乐、健康地生活。

5. 《九山王》
——伤害别人迟早引来祸患

李秀才家是个大户，宅内后院有几亩园子一直荒置没用。一天，有个老头租住到了后园，人们还看到来了许多车马和家眷。过了几天，老头对李秀才说：“今天让小女做了便饭，请您务必赏光。”

李秀才来到后园，看见了一排崭新的华丽房舍。屋内摆设讲究，器具华丽，桌上都是美食珍馐。老头殷勤劝酒，周围仆人上百，一切事情井井有条。

李秀才暗想，他们是狐狸精，便偷偷买了硫黄、芒硝并积攒了几百斤。某日突然引燃，爆炸四起，火焰冲天。霎时间哭喊声一片，到处是死狐。老头来到前院，责怪李秀才：“百两银子租金不算少了，且又没有仇恨，为何灭我家族？此仇必报。”说罢走了。

一年过去了，李秀才见没什么动静，于是也就淡忘了。顺治初年，山里出了强盗打家劫舍，李秀才家大业大很是发愁。恰好这时村里来了个算得很准的算命先生，于是李秀才请他来算命。算命先生一见他，惊呼：“足下乃真命天子！”李秀才不信，算命先生却说：“自古不少皇帝起于平民。”然后，他出谋划策为李家购置了几千副盔甲、刀枪和弓箭。同时，算命先生又四处联络，十几天后各山头的几千人马来归顺。县官率兵进剿，算命先生指挥人马打得官兵大败。州兵来讨伐，也中了算命先生的埋伏，伤亡惨重。李秀才声势愈发浩大，手下人马数万，他自称“九山王”。后来，京都送往江南的军马也被成功截获。于是，“九山王”声名远播，他加封算命先生为“护国大将军”，认为自己不久将黄袍加身。

山东巡抚派遣六路精兵合围“九山王”，望着四面八方潮水般涌来的官军，李秀才大惊失色并慌忙召算命先生商议对策，然而算命先生却不见人影。山寨很快被攻破，秀才被擒，全家老小皆被杀死。

李秀才思前想后才恍然大悟，原来算命先生就是当年的老狐狸精，他是来报仇的。

的确，狐狸精是“异类”，且跟人迥异，但是完全可以和他们友好相处、相安无事，甚至可以像其他故事里描写的那样互相帮助。李秀才如果不去杀戮狐狸精家族，完全可以长久地享受富贵和安宁，但当他发现老头一家是“异类”之后就动了杀机。这跟他后来甘愿去当强盗的心态是一致的，说明他内心早存有凶狠的杀伐之心。

这样看来，李秀才从荣华富贵的好日子走上自找的绝路，也就在所难免了。他即使这次不去屠杀狐狸精，也会在别的地方暴露出杀心从而引来祸患。由此可见，从平坦的生活道路走上不归路，可以说是他自身心态所致。设若李秀才心无杀机，跟狐狸精友好相处，相信他的好日子会长久绵延。

伤害别人，迟早引来祸害；友善待人，方长久安宁。人在社会中，总有看着顺眼的人，也有看着不顺眼的人。对前者友善容易做到，对后者友善就不容易了，而对这种人友善其实是给自己创造良好环境，对其恶意相向则无异于“招灾”。

老头和他的家族虽为狐狸精，但对李秀才可谓以礼相待。首先，租住后园交的租金丰厚；其次，入住不久即设酒宴盛情相邀。对李秀才可谓表达了浓浓的善意，而在这种情况下李秀才出手杀害无辜，实在天理难容。与“异类”友好相处，特别是与已经示好的“异类”友好相处实在是安居之道。

既无历史机遇又无雄厚社会基础，只要招兵买马便可打败朝廷兵马登基称帝，这分明是天方夜谭式的荒诞想法，而李秀才却甘愿为之。难道是他缺心眼、少算计吗？不是。这不是李秀才的智商问题，而是算命先生鼓吹的美妙前景迷惑了他，也就是人们常说的“利令智昏”。贪图某种利益，不论是大利还是小利，都会让人失去冷静客观的头脑，都会干扰人的理性思维，让人做出荒谬的错误判断。

贪图利益让人丧失理性思考。社会上的诈骗，往往利用的是某些人贪图意外之财的心理。

明明自己亲手炸毁狐狸精房舍并烧死人家全族，却将其忘到脑后，而当生人造访时却一点警惕性也没有，竟然毫无防范意识。这是李秀才最终全家老小被杀，自己枉送性命的直接原因。设若他时时不忘前面的杀戮，处处小心谨慎，则可躲过这场灾难。

有防范意识，想到可能出现的负面情况，不但能躲过各种“诱杀”，还能在平静的岁月里少摔许多跟头。譬如，有人选择旅游项目时规避有风险的，就帮助自己躲过了劫难。

预料到前途的沟坎，才能绕过沟坎。

6.《细柳》
——吃甜也吃苦，教子方靠谱

细柳是读书人家的女儿，因为腰肢纤细，被人开玩笑称为“细柳”。

细柳从小天资聪颖，识文断字，尤其爱读相面的书。她平素沉默寡言，不议论人长短。凡来求婚的，她必定暗中察看，求婚的虽多却都没相中，直到十九岁仍未嫁出。父母不悦责备她，细柳说：“今后就听凭父母做主吧。”

不久，细柳嫁了姓高的书生，夫妻十分恩爱。丈夫去世的前妻留下的儿子长福已五岁，细柳对其关怀备至。一年后，细柳生了个儿子，取名“长怙”。细柳对针线活儿不大在意，但对田地位置和租税多寡均对照账本细细核查，生恐了解不细。后来，她对丈夫建议：“家中事务你就甭操心了，都让我来管吧，看我能不能做个好当家的。”半年后，家里诸事停停当当。一年后，丈夫不幸落马身亡，细柳独力支撑家事。

长福十来岁了，不喜读书，懒惰贪玩，细柳说了多少次也不听，用板条打也依然如故。细柳说：“既然你不读书，我也不能强迫，咱家不养活闲人，你换了衣服跟仆人一起干活儿吧。”长福去放猪，受不了苦就扔下猪逃跑了。村里人对后妈议论纷纷，细柳不为所动，并不派人寻找。几个月后，长福无处讨饭就回家来了，并痛哭流涕表示愿意念书。他从此勤奋攻读，与前大不相同，三年后考上了秀才。杨巡抚在阅读了长福的文章后非常赏识，并让官府每月发给银两资助他学习。

长怙念了几年书连自己名字也写不了，细柳让他弃学务农，他却游手好闲。细柳打了他一顿，让他跟佣人一起种地。后来，细柳又让他学做生意，但他吃喝嫖赌把钱花光了，还谎称被强盗抢了。细柳生气得用棍子几乎将他打死，此后他才稍有收敛。

一天，长怙说想去洛阳做买卖，实际是想随意游乐。细柳给了他三十两银子，并准备好了行装，最后还给了他一锭金子，且一再嘱咐他：“这是你爷爷留下的，以备急需。”临走时，细柳又一再叮嘱。

长怙到了洛阳根本没做生意，而是住在名妓李姬家。他的银子快花光了，但他心想还有一锭金子并不着急，到用时取出一看原来是假的，遂大惊失色。他想赖着不走，李姬偷了假金告到官衙，最后长怙被严刑拷打得几乎丧命，又因无银两打点狱卒而受尽虐待，只好苟延残喘地活着。

长怙出发后，细柳对长福说：“你记着提醒我，二十天后让你去趟洛阳。”二十天后，长福问母亲去洛阳做什么，细柳叹了口气，说：“你弟弟游荡之心不死，所以给了他假金子，现在恐怕已经关在监牢。杨巡抚看重你，你去求他，可救你弟弟出狱。”

长福到洛阳监狱，见弟弟蓬头垢面跟鬼一样。长怙见了哥哥哭得抬不起头来，而县令知道长怙是杨巡抚器重的长福的弟弟便即行释放了。

回到家，长怙跪行到母亲面前，细柳看了一眼，说："这回可遂了你的心愿了？"长怙流泪不敢做声，长福也一同跪下，母亲这才叫他们起来。从此，长怙痛改前非，勤恳做事。几个月后，他请求再去经商，等半年后回来时已赚了一倍的利润。这年秋天，长福考上了举人。三年后，他又考中了进士。这期间，长怙着力经营，已赚了几万两银子。

细柳善待丈夫前妻儿子，这本来是好事，但处处关照、事事周全反而娇惯了孩子，使长福养成了衣来伸手、饭来张口的坏习惯。他不但好吃懒做、吃不得苦，而且不喜欢读书，所以细柳便让他去放猪。放猪这活儿常常风吹雨打、烈日当头，慢慢的长福的样子就像个乞丐一样，然后村中人也多有非议，但细柳依然故我，甚至不派人寻觅放猪逃走的长福。因为她深知只有让长福在生活的教训和挫折中认识自己的错误，他才能真心实意地回头，而细柳则是从长福的长远利益考虑来采取教子策略的。

当长福一再表示愿意读书时，细柳才勉强答应。在经历这样一连串的磨难后，长福内心世界发生了巨大变化，再也不是先前那个娇生惯养的孩子了。他深深感到读书机会来之不易，非常珍惜眼前的日子并刻苦学习，终于有所成就。其实，长福领教的不只是应当认真读书的道理，而且他还懂得了怎样对待生活，怎样对待人生。

长怙的资质与长福不同，不是读书的料，所以母亲让他去做生意。这本来也是一条很好的生活道路，细柳说得好，"士、农、工、商"各是一个行当，都能成为不错的"本业"。但长怙染上了恶习，吃喝嫖赌无所不为，还说假话蒙骗母亲。细柳知道，对这样的孩子不下"猛药"，难治顽疾。

她不但用棍子狠狠教训长怙，而且在长怙去洛阳经商时还给了他一锭假金子，相当于给了他一张巨额假币。她之所以这样做，其目的是为了深深刺痛长怙，并使之彻底认识自己的错误。此举种种，足见细柳对孩子用心良苦。

大堂上的拷打，只是让长怙初步警醒而已，而他在狱中受尽折磨，才是促使他改变的根本。夜晚，当他头靠在冰冷的监狱墙壁上回想过往岁月时，才真正开始忏悔，才明白重新做人是求之不得的“美事”。细柳看到了这一点，加上观察到他此后做事确实勤谨、踏实，与前有所不同，便给予资助让长怙获得成功，最终长怙踏上了正确的人生之路。

细柳深明大义，从孩子人生的长远发展着眼对待两个儿子。既让他们感受到家庭的温暖，该吃“苦头”的时候也让他们吃些苦头。

只尝“甜头”不吃“苦头”，不利于成长。在现实中，有位明星一味溺爱孩子，结果孩子为所欲为、肆无忌惮，并走上了犯罪的道路，最后锒铛入狱。这个案例让许多人大感意外和震惊，而这位明星真该好好读读《细柳》。

另外，两个孩子的故事对在生活浪涛中颠簸起伏的人来说也不无启发：

逆境中人们往往很沮丧，显得无可奈何，但是往往忽略了这也是一种难得的机遇。在这种时候，常常能深入思索并省察自己以往的过错，进而找到今后扬帆远行的方向，像“受苦”时的长福、长怙一样，因为在苦难、挫折中往往潜藏着难得的机遇。

在现代社会中，被“炒鱿鱼”或遭遇某种失败，有时或许是一种机遇。

7.《红玉》

——改过如风，行善似水

书生冯相如月夜坐在院子里，忽然看见墙头有个美女，再三相邀后女子下来，两人相谈甚欢，于是同床共枕。女子告诉他，自己是邻家女儿叫“红玉”，二人便海誓山盟、夜夜相聚，约有半载。

一天，二人之事被相如父亲发现，老头痛斥儿子：“如此贫困，不刻苦用功，竟做这等丧失品德的事情！”相如跪地认错，表示一定悔改。老头又责备红玉：“你玷污了自己，也玷污了别人，倘若事情暴露，丢人的不光是我家！”

相如父亲走后，红玉说：“咱们缘分已尽。有个好姑娘你可以娶，明晚我给你想办法。”

次日夜里，红玉给相如四十两银子，告诉他六十里外卫家女儿不错。相如用这些银子作为聘礼，敲定了婚事。婚后，夫妻恩爱，第二年便生了个儿子。

清明扫墓时，姓宋的乡绅见相如媳妇美貌妄图霸占，并拿出金钱威逼利诱。相如告诉父亲，父亲气得大骂。后来，劣绅的狗腿子将冯家父子打伤后抢走了相如媳妇，冯父被气得吐血而亡。

相如从县里告到巡抚都不能申冤，相如妻子也在宋家不屈而死。相如满腔悲愤，夜夜苦思，想去拼命又担心孩子无人抚养。

一天，有个大汉找到相如，表示愿替他报仇。相如万分感激，连磕了三个响头。

劣绅父子三人被杀，宋家诬告是相如所为。县令拘捕了相如，孩子被扔在了路边。虽然多次严刑拷打，相如也没招供。

一天夜里，县令刚躺下便听见“咣”的一声，点亮灯后见一把锋利的短刀扎在床头足有一寸多深。县令吓得魂飞魄散，便放了相如。相如没有找到孩子，靠亲戚邻居接济勉强度日，想到仇虽报了但几乎灭门，不由潸然泪下。

相如通过县令要回妻子尸骨埋葬入墓，晚上回到家里非常悲痛，想了却残生。忽然听到门外有声音，像是一个女人和小孩儿在说话，开门一看是红玉和自己的儿子，相如抱住儿子大哭起来。

红玉告诉相如，自己其实是狐狸精，发现小孩儿在路边啼哭就带到西山去了。如今大难已过，她便带回来让父子团聚。

红玉让相如专心读书，她自己起早贪黑纺线织布，还租了几十亩地雇人耕种，又动手修葺了房屋，就这样一天天勤劳操作着，慢慢的冯家的生活也蒸蒸日上了。

不久，相如考上了举人。

红玉这一形象有两点值得关注。

第一，她知错即改，快得像一阵风。

她跟相如交好，两人暗中来往半年之久，可谓情意深厚。但是，当相如父亲严厉斥责二人的不当交往时，红玉立即幡然悔悟。相如虽然认识到自己的错误，但是父亲走后他又对红玉缠绵难舍，而红玉改过的决心坚如磐石，决心不再这样做。不仅如此，她还帮助相如娶妻。这样，就使得跟自己不再来往的相如在情感上得到了补偿，生活也稳定下来。可以说，红玉迅速纠正错误既有力度，又有切实可行的措施。倘若红玉答应了相如的请求继续偷偷相会，早晚暴露出来则对两人都不好，但红玉的及时刹车却挽救了双方的名声。

迅速改过，是一种智慧。

迅速改过，损失最小，扭转不利局面最快。在卫家女儿做相如妻子时，红玉从未来过。这表明，她的改过是彻底的，这也就是人们说的“不二过”。在生活的道路上难免碰壁，虽然及时总结不蹈覆辙不容易，但这是最成功的做法，也是最聪明的做派。

第二，红玉助人，出现在对方最需要的时候。

父亲、媳妇被害，儿子失散，相如神色惨淡。他埋葬亡妻后回到家中，已是泪落涟涟、痛不欲生。红玉恰恰在相如这个最艰难、最需要帮助的时候出现了，并给予了他有力的支持，使相如重新振作起来，也给故事的结尾带来些许亮色。

读到相如合家幸福生活的时候，读者似乎把红玉遗忘了，而当故事推进到最后阶段红玉再度出现时，读者不觉替相如松了口气，感到他有救了。

红玉的前后举动，让人想起“上善若水”这句话。老子说：“上善若水，水善利万物而不争。”意思是，最高境界的善行就像水的品性一样，它使万物得到滋润，而不与万物发生矛盾、冲突，故天下最大的善行恰如流水。就像跳入河水中奋力救起落水者的人上岸后悄然离去，这便是“若水”之善，让人钦佩和思念。

因此，最高境界的行善是：

他人顺利前行、生活幸福时，悄然隐去；他人遭遇困厄、身陷绝境时，施以援手。

8.《雷曹》
——不图回报，心境坦然

乐云鹤跟夏平子从小一起读书，感情很好。夏平子文才甚高，云鹤常虚心求教，平子也诲人不倦。平子染疾过世，云鹤料理后事，并一直接济、照顾平子妻儿。

云鹤家也不宽裕，他叹息道：“平子这样的文才都科举不中，我就更不行了。”于是弃学从商，生活渐入小康。

云鹤在南京办事时住在旅店，忽然看见一个特别高大的人愁容满面地来回踱步。云鹤问他：“你是想吃饭吗？”那人不搭话。云鹤把自己的饭菜推过去，那人双手捧着便狼吞虎咽起来，顷刻间就一扫而光了。云鹤又买了份饭，他又吃光了。云鹤再买了一大块猪肉和一堆馒头，他吃完后向云鹤拱手称谢：“三年多了，没吃过今天这样的饱饭。”云鹤说：“你是个壮士，怎么潦倒到这步田地？”壮士答：“有罪，遭上天责罚。”于是，他跟云鹤同行，但不再吃饭，说自己一年吃几顿就够了。

过江时，狂风大作、浪涛翻滚，船翻了，云鹤落入了江中。那人背起云鹤踩波踏浪上了另一艘船，然后又跃入水中把云鹤的货物全部捞上来。云鹤感激万分，清点了一下一样不少。他不禁感慨地说："多亏你啊，这么大劫难只丢了一根金簪而已。"那人一听，二话没说便嗖地跳进江里不见了。云鹤望着滔滔江水，正后悔自己失言，忽见那人举着金簪浮出了水面，正满面笑容地看着他。

那人在云鹤家住了些日子。告别时阴云低迫、雷声隐隐。闲聊中云鹤说："真不知道云彩里什么样儿？雷是什么东西？"壮士问："想去云中一游吗？"过了会儿，云鹤躺下休息，忽然觉得摇晃，睁眼一看已在云间。只见环绕四周的云朵状如棉絮，而星星大的像缸、小的似碗，云鹤便摘了一颗星星藏在袖中。他又往下看，城郭却小如豆粒。此时，两条龙驾车过来了，壮士跟其他人从车中舀水洒向云彩。然后，他也给了云鹤一个器皿让他洒，云鹤则用力往家乡方向泼洒。壮士告诉云鹤，自己是雷神，因耽误行雨被罚到凡界三年，现在刑期已满，就此告别。

云鹤握着雷神递给他的绳子回到了地面，他发现家乡的雨水远多于四周。再一摸，袖中的星星还在，像块黑石头，搁在桌子上，晚上熠熠放光。

一天晚上，云鹤妻子正在梳头，忽然发现星星越变越小，最后像萤火虫一样来回飞，正诧异，星星已飞进嘴里，不觉咽下。

云鹤梦见夏平子说："我是天上的少微星，你对我的恩惠我铭记心头。如今承蒙你把我带回人间，可见缘分没断。我将转世做你儿子，报你的大恩大德。"

云鹤已经三十岁，但尚无子，得此梦欣喜异常。妻子临产时，满屋光辉耀眼。后来，儿子聪明过人，十六岁就考上了进士。

当云鹤的好友夏平子去世后，云鹤内心是很悲痛的，照顾好友遗孀、遗孤成了他的心愿。由于他自己生活也不宽裕，云鹤只得

“一个馒头掰两半”，千方百计周济孤儿寡母。虽然日子窘迫，但他的内心是踏实的。看到平子妻儿得以温饱，他感到欣慰，也获得了某种满足。

这时，他根本没期望什么回报——平子遗属是那么孱弱，他们生计无着、难以自顾。当然，云鹤会想到平子活着的时候对自己循循善诱、悉心指导，从不厌烦，使自己学识不断长进，所以关照母子并非施恩，而是对亡友的感恩之举，是理所当然的。

不论什么事，人只要做了第一次，往往就还会做第二次。云鹤看见大汉焦虑烦躁的样子，便猜到他忍饥挨饿，于是主动询问。出于自尊心，大汉无语。云鹤知道猜得不错，便将自己饭菜推过去，还一再购买食物让大汉饱餐一顿。

做这样的区区小事，云鹤当然没打算得到什么回报。然而让他惊奇万分的是，这次竟然得到了千百倍回报——因为他无意中帮助的是雷神。雷神先是将云鹤从江中救出，又帮他打捞出货物，继而还把金簪从江底奇迹般地寻回。而更令云鹤意想不到的是，他一句无心的话刚出口便在雷神的臂助下遨游云海、摘星而返。

这些都让云鹤感到惊异、兴奋。平时，云鹤的心胸是坦然的。也就是说，做事不图回报的人面对喧嚣的尘世，内心是最坦然、最平静的，这是襄助他人之后得当的心理取向，也是保持平静心态的最佳药方。

在此心态的基础上，得到意外回报会有一种由衷的欣喜，而那些认为别人应当回报自己的人，永远不会有这种心境。云鹤畅游云间的时候和得知平子转世给自己做儿子的时候，都有这种发自内心的畅快和喜悦。

雷神从水中救起云鹤、捞出货物、寻得金簪，并请云鹤上天畅游……人们读到这里，会觉得雷神对云鹤的一饭之恩给予的是“一饭千金”的厚报，但是在雷神看来却不是如此。

他被贬下凡界到处漂泊，不仅居无定所且经常食不果腹，三年来从没有吃过一顿饱饭。也就是说，三年中没有碰到一个像云鹤一样让他真正吃饱的人。他感到了一种前所未遇的真诚和温暖，在他看来这是他在人间最宝贵的收获，所以他觉得自己理当报答，并且所做的都是应该的。

云鹤得知夏平子托生做自己儿子，对于无子的他来说既高兴又感意外。不过，在平子看来，云鹤一直周到照顾自己的妻儿，那是肝胆相照的朋友，托生做其子也是理所应当。

做好事而不图回报的人是最快乐的人，也是永远坦然自若的人。在现实生活中，那些一次次给需要帮助的人捐款而始终不留姓名的人，相信他们的内心也是宽慰而舒畅的。

9.《乔女》
——深明大义者，受人尊敬

乔家的女儿又黑又丑，还豁了一边鼻子瘸了条腿，直到二十五六了也没人提亲。有个姓穆的四十多岁了，家中贫穷，妻子死后续娶了乔女。三年后，乔女生子，不久穆先生去世，乔女只得靠纺线织布艰难度日。

有个孟先生死了妻子，带着一个叫“乌头”的幼子过活，想续娶乔女。乔女拒绝道：“嫁过去能得温饱，我何尝不愿意。但我又残又丑，所自信的只有品德。如果嫁了两个丈夫，德也就亏损了。”

不久孟先生病故，乔女去致哀。孟先生没什么亲属，村中无赖乘机拿走了家具，还商议瓜分其田产，家中仆人也偷了些东西逃走了，只有一个老妈子抱着乌头在啼哭。乔女打抱不平找到孟先生好友林先生，让他状告无赖并夺回掠走之物，但是在无赖们的威胁下林先生不敢出头，最后孟家田产被瓜分殆尽。

乔女挺身而出到县里状告无赖，县官嫌她说话太直将她赶出了衙门，她便到当地有影响的大户人家哭诉。最终，有位乡绅被她的义气所感动，跟县令说明了原委，一查果然如此，便追究了无赖们的罪行，并追回了物资和田产。

有人建议乔女住在孟家抚养孤儿，乔女不肯。她带着老妈子和乌头回了自己家，当乌头需要什么时，就和老妈子一起回去取粮食换钱置办，自己从来分文不取，照样过从前的苦日子。

乌头渐渐长大，乔女便延聘教师让乌头读书。老妈子想让乔女儿子一起读，乔女不允，说："乌头的费用，是他自己的。我如果用别人的钱来教育自己儿子，怎能表明心意呢？"

几年后，乔女为乌头积攒了几百石粮食，后来还为他娶了名门望族的女儿，修葺了宅院。一切安排妥帖后，她便让乌头回家独立生活。乌头哭着一定要乔女跟他一起回家住，乔女答应了，但是乔女依然像过去一样纺线织布。乌头两口子说什么也不让她劳累，便收起了乔女的工具。乔女说："我们母子坐着白吃，心中实在不安。"于是她帮乌头经营家业，让儿子去田里巡查监督，但乌头夫妻若有过失，乔女便毫不留情地斥责，直到夫妻俩跪着认错为止。

乌头要去县里读书，乔女要离开他们回自己家。乌头执意挽留，并出钱给乔女的儿子娶了媳妇。乔女让儿子回家过，乌头没挽留住，便在乔家附近给其子买了百亩土地后才让他回去。

乔女在乌头家住了若干年后，最终患病不起。临终前，乔女嘱咐乌头一定将自己葬到穆氏墓地，乌头答应了。

乔女在丈夫死后，带着儿子靠防线织布艰难度日。虽然乔女又残又丑，但名声很好，所以孟先生在妻子死后想续娶乔女，但乔女婉言谢绝了。她认为，自己嫁过去肯定能过上安稳温饱的日子，但是如果嫁过去则先后嫁了两个丈夫，在道德上便亏损了。因此宁肯过苦巴巴的日子，也不迈出这一步。

当然，乔女的这一决断是封建思想作祟。在封建时代，这种观念普遍存在，而“一女不嫁二夫”是旧时代崇尚的道德标准。乔女想到这一点，说明她很看重人的品德操守，把品德操守看得比提高生活质量、改善生存状态更重要。所以，乔女重德轻财。

乔女跟孟家非亲非故，却为维护孟家权益而奔走呼号。固然，这是从“义气”出发——孟先生是看重乔女品德才一再以重金礼聘的。但从中我们可以看出乔女是明事理的，能辨清事情的是非曲直。更可贵的是，为伸张正义，她不遗余力、顽强战斗——请人状告不成便亲赴县衙举报，再次失败后就一家家去有名望的乡绅家哭诉。此举虽然一次次碰壁，但终于感动了一位乡绅。于是，乡绅找县令解释了个中原委，最后终于惩治了恶徒，讨回了财产。乔女在维护正义上的决心、勇气和智慧难能可贵，她的正义感令人钦佩。

有正义感且付诸行动的人，是百姓心目中的壮士。

乔女帮助孟家恢复了家业，但丝毫不谋私利。她拒绝了别人的建议，不住在孟家抚育孤儿。每次去孟家取物品或粮食时，都让老妈子同行，从不趁机“沾光”，也不让儿子享用孟家经费读书。当乌头进县里学堂时，她提出离开孟家回去住。即使住在孟家，乔女也辛勤经营，并让儿子协助管理，从不“吃白饭”。儿子婚后，乔女让儿子回自家居住。在生命的最后时刻，她还特意叮嘱孟家孩子乌头一定把自己归葬到丈夫家的墓地，而这些除了名分的考虑外，也包含了不打算享受孟家厚葬之意。

乔女的这些举动显示出她对孟家只是相助并不图财，而且是始终如一的。她明白，如果自己对孟家财产有所希图，那么自己前面的仗义执言，都要作另一种解释了。

孟家的孩子乌头对乔女是非常尊重的。乌头搬回家住时，一定让乔女母子同去，到了孟家也不让乔女干重活儿，还帮助乔女儿子娶亲，并给其购置足以过殷实日子的田地……这一系列的举动都清晰地表达出了乌头对乔女义举的敬意。

主持公道而又不谋私利者，最受尊敬。在乡村，一个村官如果一心为村民办事而不借机牟取个人利益，是会受到群众衷心爱戴和拥护的。

其实，读了这篇故事，我们心里会充溢着一种敬重感。乔女的确又残又丑，但她深明大义。深明大义者，设若其貌不扬，人们照样会看重他、尊重他，乃至敬仰他，甚至最后都感觉不到其形貌上的丑陋，就像乔女一样。

深明大义，是最好的化妆品。所以，明理的女性受人欢迎，并具有最长久的美貌。

10.《刘海石》
——剪除祸根，方有新天地

刘海石幼时随家人到滨州躲避战乱。他跟当地书生刘沧客关系很好，于是两人结拜为兄弟。后来，刘海石因父母离世赶回家奔丧，两人从此断了音讯。

刘沧客家境富有，长子是县里名士，次子十分聪慧。而在妻子之外，刘沧客还娶了倪家姑娘为妾，一家其乐融融。

不久，沧客长子患头痛病去世。过了些日子，沧客妻子又一病不起，溘然长逝。数月后，大儿媳病故。随后，家中仆妇接二连三病死。沧客不断哀悼亡者，悲痛不已。

一天，刘海石来了，沧客很高兴地连忙出迎。海石望着沧客，忽然说："兄有灭门之祸，还不知道吗?"沧客黯然落泪，并述说了家里一连串不幸遭遇。刘海石听罢，也潸然泪下。

刘海石说自己擅长相面、看风水，沧客便请他相看住宅。海石里里外外巡查一遍后，提出跟全家老少见面。沧客将家人集中到客厅，挨个给他介绍。

见到沧客的妾倪氏时，海石忽然仰面大笑。众人正奇怪，忽见倪氏浑身战栗，身体缩至二尺来长。海石仔细观察，发现她脑后有几根白毛，待正要拔掉，倪氏却哭泣不止地说会马上走，并乞求不要拔毛。海石怒斥道："害人之心还不死吗?!"他立刻将白毛都拔掉，倪氏立即变成了一只黑色山狸。众人大惊失色，海石将其藏入袖中。

海石指着二儿媳说："她中毒很深，背上定有异常。"二儿媳害羞不肯脱衣露背，二子强迫她脱下，果见背上有几根白毛。刘海石用针挑出，说："再过七天，就没命了。"海石又发现二儿子背上也有白毛，但短一些，说："再过一个月，也没命了。"随后发现，仆役、丫鬟身上都有白毛，海石给他们一一拔掉。

有人问黑山狸是什么东西，海石说："是狐狸一类的精怪，吸取人的精气为生，使人猝死。"

沧客笑道："好久不见，你竟然学了这么大本事，变成神仙了!"海石答："我哪儿是什么神仙，不过学了点雕虫小技。""你师傅是谁啊?"沧客问。海石答："山石道人。刚才抓住的山狸我治不了，带回让师傅处置。"但海石忽觉袖中空空，山狸已逃走。众人惊慌失措，海石安慰大伙儿说："它脖子上的白毛已经拔掉，不会再变成人了，但尾巴上还有根白毛，估计没跑远。"

海石查看了猫和狗，都不是那个精怪。到猪圈检查时，海石一眼便发现了，笑道："原来在这儿!"沧客数了数，果然多了头猪。那猪听见海石的声音，便趴在地上一动也不敢动。海石提溜着它的耳朵抓出来，一瞧尾巴上果真有根白毛，跟针一样坚硬。海石正伸手要拔，那猪撒泼打滚，海石厉声喝道："你作恶多端，这么根毛还不让拔吗?"说着拔下，那猪立马显出山狸原形，海石收入袖中。

海石告辞，沧客苦留他吃了顿饭。席间沧客问何时还能相见，海石说："我师傅立下宏愿，带我们遨游人间救助众生，将来咱们还有见面的机会。"

刘沧客家里虽然接二连三人口丧没，但沧客一直没想到寻根究底，只是整天哀伤不已、悲痛欲绝。也就是说，虽然沧客家遭遇一连串不幸，他却对原因茫然不知。

人走错路也常如此，从歧路上往回退的时候，往往只想着快点回到岔路口拐到正路上去，却没认真深究为什么会误入歧途。

不省察原因深刻反省，难免重蹈覆辙。

刘沧客家灾祸的根源是山狸及其播散的“白毛”，而在没清除这个根源之前刘家丧事不断：先是长子去世，继之沧客妻子亡故，接着大儿媳殒命，随后佣人一个接一个死去。可见，不清楚灾害根源，灾害就会源源不断降临。

一个人为某种错误理念支配，一而再再而三造成某种矛盾、困厄时，若不清理思想根源仍一意孤行，势必难逃厄运。人们在生活中遇到挫折，往往归咎于机遇或别人的作为，其实应更多地省察自身。如果在思想深处多反思，挖掘自己举措失当的思想根源，就能让自己的意识迈上一个新台阶，避免重蹈覆辙。

刘沧客对旧友刘海石的检查没有抱持抵制的态度，而是完全接受并全力配合。他邀请海石查看自家全部住宅，并把家人都集中到客厅让海石逐个检查。这样，刘沧客得以迅速找到祸根，彻底剪除了祸害。

虚心接受他人指点，是除害的基础，是祛除祸害首先跨越的一道门槛。固执错误见解的人常有，因为察人易而察己难。有句谚语说得好，“多问人就不会走错路”。

海石拔掉了山狸颈上的白毛，山狸不能再变为人形了，而拔掉尾巴上的白毛，山狸就什么也变不成了，只能乖乖现出原形。对坏东西，清除一分就有一分成果，如同清扫垃圾。

刘海石发现山狸后要拔掉其白毛，山狸缩着脖子跪在地上哭泣，称自己马上离开刘家，并乞求海石不要拔。面对精怪的一副可怜相，刘海石坚定不移而没有怜惜。在怒斥之后，他痛下狠手将白毛拔除，小妾当即现了原形。

刘海石在猪圈里找到变作肥猪的山狸并要拔下他最后一根白毛时，山狸翻滚哀鸣并再次乞求手下留情，而海石还是予以痛斥并立即强行拔掉了。

对不好的东西，必须下狠心斩草除根，姑息只能养痈遗患。

设若刘海石在两次“拔毛”时有一次手软，都会给沧客家带来无穷无尽的祸患，最终灭门。

根除丑恶，才有新天地。一个团队、一个企业发现自身弊端，必须坚决革除，就像海石拔掉白毛那样。若因人事原因而姑息，仅仅轻描淡写地纠正必留后患。

11.《花姑子》
——知恩图报者，受人肯定

书生安幼舆喜欢放生，见到猎人捕获禽兽，常买下放归山林。

一次回家，天晚了在山中迷路，碰见一个老汉便跟其回了家。老汉对老太太说："他不是别人，是我的恩人。你行走不便，让花姑子来斟酒吧。"一个姑娘进来温酒，身材窈窕，佳妙无双。老汉说是自己女儿，而花姑子频频斟酒，安幼舆不觉萌生了爱意。

回家后，幼舆托人求婚但没找到这家人，然后幼舆又亲自跑了一趟也没找着。他思念花姑子，日久患病，神志昏迷。一天晚上，花姑子来到幼舆床边安慰他，给他按摩太阳穴。幼舆觉得有一股奇香，随后全身出汗好了许多，并吃了花姑子留下的蒸饼睡着了。第三天，他完全好了。晚上，花姑子前来相会，两人缠绵一番，极为恩爱。花姑子说，她冒风险来相会是为了报恩，但无法成为长相厮守的夫妻。花姑子邀请他次日晚去自己家，姑娘父母热情接待了他。后半夜，花姑子来到他卧室，两人一宵欢爱。然后，花姑子告诉幼舆，她家要搬到很远的地方去，他们将不会再见面了。

幼舆思念花姑子，难受了好几天，最后他决心再见一面。于是，他翻山越岭去找花姑子，但却迷了路。忽见一座院落，开门的丫鬟说这里是花姑子舅母家。幼舆走入院内，花姑子已迎出房门，然后两人进了床帐依偎在一起。幼舆感到花姑子身上诱人的香味没有了，只闻到一股腥膻气。正疑心，花姑子抱住他用舌尖舔他，幼舆痛得如针刺，而身体像被粗绳捆住一样动弹不得，他挣扎了一会儿便失去了知觉。

后来，家人在山崖下发现了幼舆的尸体，抬了回去。花姑子前来吊丧，她号啕大哭，泪水滴进了死者鼻孔，而且她不让入殓，一直连哭了六个晚上。

第七天，幼舆忽然苏醒。花姑子用一把青草熬了汤喂给他喝。过了会儿，幼舆能说话了，叹了口气道："让我死的是你，救活我的也是你。""那是蛇精变成我的模样来害你。"花姑子解释说，"五年前你买了猎人捕获的獐子放生了，那是我父亲。前些天，你死后已投胎到西村一户人家，而我跟父亲到阎王那儿为你申冤，并请求让你复生，但阎王不允，最后父亲愿替你去死，且哀求了七天之后阎王才同意。现在，你虽然活了，但身体瘫痪，只有把蛇精血跟酒搅和一起喝下方可痊愈。"

幼舆担心无法抓住蛇精，花姑子告诉他："这不难，只是会伤害不少生灵，也使我百年内不能飞升成仙。蛇洞在山崖下，午后堆起柴火焚烧，洞外埋伏好弓箭手，如此便可抓获。为了你的复活，我的道行已损失七成，只能回深山修养而不能伴你一生，实在难过但也请你原谅。我已怀孕，不论是男是女，一年后都给你送来。"说罢洒泪，依依不舍地离去了。

家人依花姑子所言行事，一条巨大的白蛇从火焰中冲出被弓箭手射杀，洞内几百条蛇被烧死了。幼舆服用三天蛇血酒，腿能动了，半年后彻底康复。

一年后，幼舆在山中独行，遇到了花姑子母亲。她把小被子包裹的男孩儿递给幼舆，说："我女儿问你好。"说罢，便不见了。幼舆把孩子抱回家，终生不再娶妻。

这个故事读到一半的时候，会以为是个书生遇到狐仙的爱情故事。及至看到后半，才明白这是一个讲述知恩回报理念的感人故事。

原来，花姑子父女所做的一切，都是为了回报幼舆曾经从猎人手中救下一只獐子的善举，而这獐子乃是花姑子的父亲。也就是说，是獐子精不忘前恩赶来报答恩人。

让人颇感意外的是，这对父女感恩的力度实在太大、太惊人了，所以他们的所为也就具有了一种感召的力量。读罢全篇，读者不禁为这种赤诚报答他人的举动而感叹唏嘘。

先是请吃饭、饮酒，之后是秀色可餐的花姑子给他医病并两度与之尽鱼水之欢。而在幼舆误中蛇毒看似身亡之际，花姑子连续痛哭治疗了六个晚上，并为此付出了自己的"七成道行"。为了抢救幼舆，这对父女到阎王爷那儿求情，恳请免去幼舆死亡宣判。在遭到阎王拒绝后，父亲又连续七日哀求阎王允许自己代幼舆去死，最终阎王允诺。

最后，花姑子向幼舆透露了捕杀蛇精的机密，她为此舍掉了百年内飞升成仙的机会。在幼舆康复一年之后，花姑子母亲给他送来了女儿给他生的儿子。如此这般，这对父女真可谓是殚精竭虑、舍命相报了。

我国古来就倡导知恩图报，而"结草衔环"的故事就是这种理念的典型体现。"结草"是说晋国将军魏颗未杀父亲的妾来给父亲殉葬，女子父亲便在他作战时"结草"绊倒敌人帮他捉住敌人；"衔环"是说东汉杨宝救了一只黄雀，黄雀变作男孩儿送来四个白玉圆环，让杨家四代人能做高官。前一故事见于《左传》，后一故事出自《后汉书》中的注解。滴水之恩，涌泉相报，这是中华民族自古以来崇尚的美德。

知恩图报者，受人赞许。

此外，这个故事值得回味之处还有两点：

其一，幼舆之所以被蛇精咬伤而险些送了性命，是因为他急切地寻觅花姑子时没有辨别真假。本来稍加留意就能察觉可疑之处，但幼舆为情所迷，故而根本没有辨别真伪的意识，最后导致上当受害。

情真意切时，还须有理性思考。我们对至亲好友的请求，也须理性应对。

其二，幼舆对花姑子是动了真情的。他为思念花姑子而罹患重病，为寻找花姑子而不避艰险，最后几乎中毒殒命。这些花姑子是看在眼里的，而她也对幼舆怀有至诚，所以她说的“不能长相厮守而心里很难过”的话都是肺腑之言。如果说一开始花姑子是为报恩而接触幼舆，那么后来花姑子主要是为了爱而不惜一切代价来救护幼舆的。

为爱而牺牲自身重大利益，是真爱的明证。爱情的真谛是责任和付出，而不是索取。生活中，以利益获取为目的的婚恋，必然隐藏着危机。

12.《口技》

——投其所好是骗术成功的秘诀

村子里来了个二十四五岁的年轻女子，她带着一个盛放中草药的大口袋给大伙儿瞧病。这个女子看病有个奇特之处：自己不开药方，等到晚上请仙人来开药方。

到了晚上开药方的时候，女子收拾出一间干净的小屋，把自己关在屋里，大伙儿都围坐门窗外侧耳细听。一个个屏气息声不敢大声说话，屋里屋外静悄悄的。

半夜时分，忽然听到掀动门帘的声音，女子在屋里问："九姑来啦?"一个女人答："来了。"又问："腊梅也跟九姑来啦?"一个丫鬟的声音说："来了。"三个人你一言我一语，说个没完。一会儿又听到门帘掀动，女子再问："六姑来啦?"其他女人插话："春梅背着宝宝来了。"那个"春梅"似乎是个丫头，说："怎么哄也不睡，非要跟我来不可，背着真累人!"几个人相互寒暄的声音跟小孩儿的嬉闹声响成一片。听见女子笑着跟小孩儿说："小宝贝儿，你怎么把猫也抱来啦?"

喧哗的声音渐渐稀疏了，忽听门帘响了一下，马上有人问："四姑怎么来得这么晚?”只听“四姑”细细的声音答道:“一千多里呢,带着阿姑一起来的,她走得太慢了。”于是,互相嘘寒问暖的声音、移动座位的声音和让人添加座位的声音此起彼伏,好半天才安静下来。

这时,人们才听到女子问“村里一些人的每种病应该用什么药”。只听九姑说应当加上人参,又听六姑说应该添上黄芪,继之四姑主张还需要白术……就这样你一言我一语的,几个人研讨了一两个钟头才研讨完了所有的药方。然后,九姑让人取来笔墨纸砚准备开药方,接着研磨的声音、拔笔帽的声音和把笔搁在桌子上的声音都清晰可闻,最后是折纸、抓药、包药的声音。

又过了一会儿,女子出来逐一叫病人的名字,把包好的药分发给病人,然后又转身进屋去了。随即,屋里传来了彼此的道别声,还有小孩儿的笑声和猫“喵喵”的叫声,所有的声音都混杂在一起。其中,九姑的声音清晰悠扬,六姑的声音徐缓苍老,四姑的声音娇气婉转,连三个丫头的声音也各具特色,人们在外面一听便立刻就知道是谁在说话了。

外面的人都惊讶得一声不吭,以为真的是神仙来了。但是人们回家服下女子送到手里的药,似乎也没什么特别的疗效。

其实,这不过是一场口技表演而已,是女子利用自己的口技绝活儿推销自己的药物。

从女子的目的是卖药这一点来说,她的表演可以说是一种骗术。一般说,村里人不一定相信真的有神仙来村里开药方,而且女子开出的药效果也并不理想。那么人们已经知道这些,为什么还要找女子看病呢?因为得病的人总希望自己能好。在缺医少药的时代,病急乱投医是常见的事情。女子正是利用了患者的这种心态来获利的,而她的手法的秘诀便是“投其所好”。你要治疗顽疾吗？我这儿有神仙开的药方。患者想，试一试吧，总不会有什么坏处吧——如果碰见好的有疗效，岂不更好？这也是人性的一种弱点，而女子恰恰就利用了这种弱点。所以，社会上便常有利用老人耳根软、希望获得意外之财、文化水平低等弱点来诈骗老人的事发生。

心存侥幸时，面临的不是馅饼而是陷阱。

“投其所好”，其实就是满足某种需要。从“劝说术”来说，当人们劝说某人的时候，如果从对方的某种需要出发是最容易成功的。例如《红楼梦》中宝玉在宝钗家饮酒，李嬷嬷怎么说都劝止不住。后来她说了句“你可仔细今儿老爷在家，提防着问你的书”，宝玉立即不饮酒了。这是因为，这句话恰好迎合了宝玉顺利应付父亲的需要——他不想因自己过多饮酒后头脑不清醒，导致背错书而挨骂。

另外，从技艺水平来说，女子的确身手不凡。她的口技出神入化，以假乱真，达到了极高的境界。在这个高水平的背后，一定隐匿着大量的起早贪晚、持之以恒的勤学苦练。

没有大量刻苦的练习，任何技艺都不会炉火纯青。

稍加留意，我们会发现女子口技的一个特点，就是特别善于模仿不同妇女的声音，并把人物的不同身份、不同性格和不同年龄惟妙惟肖、生动传神地表现出来，而这是女子“主打”的“一张王牌”，也是她的绝技。

这一点启发我们：不论练习什么技艺或者学习某种本领，不仅要刻苦磨炼，还需突出自身特色。只有技艺精湛加上特色突出，方可出类拔萃。

13. 《小谢》
——体谅对方，才能化解芥蒂

姜书生家里常闹鬼，便将宅子废弃搬迁走了。书生陶望三不惧鬼魅，借住在鬼宅。

陶望三刚把书放好，一眨眼就没了。一顿饭时间后，见两个女孩儿蹑手蹑脚进来把书放归原处。她们一个约二十，另一个约十七八，都非常俏丽。望三躺着不动，一个女孩儿轻轻用脚踹他肚子，另一个轻轻捋他胡子，当他一发威两人就都跑了。夜晚，两个女孩儿调皮地用细东西捅他鼻孔和耳朵眼儿，直到天亮他才睡熟。太阳落山后，两个女孩儿又来了，一个把他书合上，另一个蒙住他眼睛，而他一喊也就都跑了。随后，两个女孩去厨房做饭，还争着给他盛饭。日子久了，书生跟她们熟了，年龄大的叫“秋容”，小的叫“小谢”，她们是两个女鬼。

一天望三见小谢字迹笨拙地替自己抄书，便让她坐在怀里手把手教她写字。秋容见状心生嫉妒，面色难看。小谢马上说，幼时曾跟父亲习字，如今写字如在梦中。望三又教秋容，秋容这才面露喜色。习字一月，小谢字迹已较工整，秋容差些便觉很惭愧，望三百般劝慰才好转。望三又教二人读书，两人悟性极高，小谢将十五六岁的弟弟三郎叫来一起读书。不久，三个学生能作诗了，而且常相互酬和。于是，小谢让望三别教秋容，望三应了；秋容又让望三别教小谢，望三也应了。

不久，望三赶考，他平时讥刺时政的诗文得罪了权贵，被诬告后入狱。秋容入牢给望三送去食物，而小谢进监房探视因来回奔波致荆棘伤脚直流血，她还告诉望三："秋容路过城隍庙时被判官看上，逼迫她做妾，但她不从便被关了。"三郎到巡抚处替望三喊冤，巡抚发现他跟望三没什么关系，正要责罚却发现三郎忽然不见了。巡抚诧异，细看三郎状子觉察望三有冤情，便放了他。

小谢告诉望三，阎王因为三郎仗义便让他托生到了富贵人家了。两人正为秋容着急，秋容回来了，告知说："判官每日逼迫，见她执意不从，只好放了。"望三深深为两个女孩的真挚情意所感动，表示愿跟两个女孩儿同寝，即使因人鬼交欢丧生也甘心。两个女孩儿说，一向受望三开导已懂些道理，怎能为爱而害望三，没有同意。经过这次磨难，两个女孩之间的嫉妒心没有了。

有个道士画了两道符给望三，说门口过灵车时让两个女孩儿吞吃符箓，先跑到灵车的能即刻转回人世。小谢只顾跑而忘了吞符，秋容跑到棺材前不见了。棺材里传出了声音，打开一看却见死去的小姐竟然有了气息。当小姐父亲王员外得知真情后，同意将"女儿"许配给望三并让她暂住在这儿。小姐面庞虽非秋容，但靓丽不在秋容之下。晚上，小谢来了却一直哭，二人劝慰。

于是，秋容向望三建议："那个道士肯定是仙人，你再去求他，或许能帮小谢转世。"望三去求道士，道士想方设法找到了一个夭折的美貌少女，并让小谢的灵魂进入了她的躯体，这样小谢也复活了。然后，秋容跟小谢都做了望三的妻子。

这篇跨越阴阳两界的动人故事，无情地鞭挞了人间的恶人，特别是当权的作威作福者。陶望三只因写了针砭时弊的诗文，便遭诬陷而锒铛入狱。

在作者笔下，阴间当权者比阳间好得多。例如，阎王了解到三郎告状是义举时，为嘉奖他特让他投胎到富贵人家。黑脸判官喜欢秋容并想纳她为妾，关起来胁迫她屈从，但当判官发现秋容坚决不从后，没有像阳间的恶霸那样整死女孩儿而是放了她。同时，释放时还表示自己只是为了爱，望陶书生莫谴责。再看阳间的巡抚，他从狱中释放陶望三有察觉冤情的因素，但也包含三郎突然消遁让巡抚老爷顿生对鬼神的恐惧。故事中这种对人性的描写，意在挞伐人间横行霸道的强权者，而强横恣睢的当权者必遭许多人愤恨。

这篇文章更让人关注的是人性。秋容、小谢虽为鬼魅，而作者通过这两个形象描摹的却是人性之美。

夜晚，两个女孩儿在书房一连串的调皮、戏谑之举，非但不让人害怕，反而觉得这两个小姑娘很纯真很可爱。不过，在她俩跟书生的交往中，也暴露出两个女孩儿负面的真性情，这就是嫉妒。例如，陶望三教小谢写字时，亲密的举动让秋容难以接受，而当两个女孩儿用诗酬唱时，都要求望三多教自己别教对方。这种“小嫉妒”是自然产生的，是生活中常见的，不属害人之心，可以说是人性的真实写照。人们读到这里不会感到两个女孩儿心中阴暗，反而觉得两个女孩的形象更为逼真可信。

在磨难中，这种负面的“真性情”渐渐发生了变化。

秋容被判官逼婚关押后受尽威逼，小谢来回奔波脚受伤流血……她们双双历经苦难，在这中间小谢逐步体悟到了秋容的不幸和痛苦，而秋容也感悟到小谢的艰难不易。她们再次相逢的时候，两人此前因嫉妒而产生的一点小小的隔阂完全烟消云散了！这时，小谢为秋容能够脱离拘禁而由衷喜悦，秋容则为小谢顺利转世而向书生建议再求道士相助。

理解他人的境遇和难处，是消弭嫉妒心态的最好药方。

书生陶望三在促使二人和谐相处上发挥了积极作用。他把着手教小谢写字，也把着手教秋容写字，既夸奖小谢写字写得好，也赞秋容进步快。他不在小谢面前说秋容的坏话，也不在秋容面前说小谢的坏话。他不把小谢让他不教秋容的话传给秋容，也不把秋容同样内容的话传给小谢。这是一种德行，也是书生善良心地的映现。

“一碗水端平”，背后不说坏话、不传话，是成功跟一对朋友同时友好相处的秘诀。只有心里建起一道“墙”，才有不同的朋友，而陶书生也恰恰因此同时赢得了两个女孩儿的尊重。背后不说人坏话是一种德行，而永远背后不说别人坏话的人会受到同事、朋友、亲属的敬重。相反，使劲说别人坏话的人让人心生鄙夷。同时，不宜跟亲朋说是非，时间长了对方会感觉到：来说是非者，亦是是非人。

14.《连城》
——多助人者多得助

乔书生文才出类拔萃且极重情义。他的好友顾先生病故，乔书生尽力照顾他的妻儿。县令器重乔书生，两人情投意合。县令死后乔书生变卖家产，护送县令灵柩和家属返乡，但乔书生家陷入贫困。

史家美貌的小姐史连城擅长刺绣，父亲展示她的刺绣征集题诗以择婿，乔书生题诗受到连城夸奖。连城常称赞乔书生，还假托父亲名义赠送银两资助他生活。乔书生感叹连城是知己，倾心爱慕。

然而史父嫌乔家穷，连城被许配给商人的儿子王化成，乔书生很绝望。不久，连城患了重病，大夫说需要一钱男子胸脯上的肉配药。王化成不乐意相助，而且还嘲笑连城父亲。史父无奈，只好说："谁愿割肉制药，就把女儿嫁谁。"于是，乔书生割下胸脯肉交给大夫，连城服药后痊愈。史父欲把女儿嫁给乔书生，但王化成得知后却要去告官。史父迫于压力没提婚事，仅赠送乔书生一千两银子。乔书生怒说自己不是卖肉而没要银子，然后拂袖而去。

连城托人告诉乔书生，自己不久将病逝，而不必跟别人争一个将死之人。乔书生说自己是为寻知己，连城的女仆也述说了小姐的一片诚意。乔书生表示，如果真如此，他日相逢时若对自己笑一笑，自己也就死而无憾了。后来相遇，连城果真对乔书生秋波传情，嫣然一笑。乔书生大喜道："连城真是知己啊！"不久，王家派人来商议婚期，而此时连城病情加重，数月后病亡。乔书生得知赴史家吊唁，当场哀痛至极而死，然后被抬回了家。

乔书生知道自己已死，希望还能见连城一面。他恍惚间觉得自己走在一条大道上，行人络绎不绝。乔书生进了一座官府，碰到已故好友顾先生。顾先生在这儿管档案，而且很受信任，并且表示愿意帮助乔书生。乔书生打听连城，顾先生领他辗转找到连城，两人都悲喜交加。乔书生想让顾先生查查连城将托生何处，顾先生也大力相助，最后终于使乔书生跟连城能够回到原处一起还魂。连城想带上新结识的一位叫"宾娘"的女孩儿，但顾先生无力相助。乔书生便硬带上宾娘一起上路，说："若有罪责，我一人承担。"送走宾娘后，乔书生跟连城返家，连城叮嘱乔生复活后把自己遗体取回搁在乔家，这样复活后就不会再生变故了。

乔书生复活后，跟史家要连城遗体并告之能使其复活。史父听后大喜，立即送来遗体，连城一进乔家便苏醒了。她对父亲说，如果再嫁给别人只有再去死，于是史父只好派人送来丫鬟和嫁妆。

王化成听说此事后到衙门告状讨要连城，官府受贿把连城判给了王化成。于是，连城在王家绝食，病得奄奄一息。最后，王化成怕连城真的死在自家，便把其送回了史家，史家又将其送到了乔家。

见此，王化成无奈，也只得作罢。在乔书生的照料下，连城身体渐渐好了起来，并跟乔书生幸福地生活在了一起。

乔书生跟连城刻骨铭心的爱情穿越生死，感人至深。乔书生对连城的爱慕发自肺腑，当他得知连城父亲嫌贫爱富把女儿许配给富商之子后，虽痛苦万分但仍对情人念念不忘，甚至白日思梦中想到忧思郁结。后来听说连城身染沉疴需要男子剜肉做药相救时，乔书生毫不犹豫来到史家用利刃割下胸脯的肉交给大夫，使连城得以成功治愈。然而，连城遭遇逼婚后旧病复发，溘然长逝。乔书生闻讯赶到灵前致哀，泪流满面，肝肠寸断，最后在极度哀伤中昏死过去而送了性命。

乔书生死后在阴间继续追寻连城。当他找到连城后，他对在阴曹地府做官的故交只提了一个请求：查阅一下连城灵魂将赴何处，他将“同去”。

连城生前通过仆妇向乔书生剖白心迹，甚至当面嫣然一笑直接表白恋情。在还魂前，连城叮嘱乔书生一定讨得自己遗体，只有在乔家还魂才能保证不节外生枝。苏醒后的连城郑重地告诉父亲非乔书生不嫁，否则只能再次死去。当贪官把她错判给王家后，连城粒米不进，以死抗争。由此可见，两位主人公生死不渝的忠贞爱情令人感佩。

这个故事让人联想到明代汤显祖的名剧《牡丹亭》，其中柳梦梅跟杜丽娘的坚贞爱情也穿越了阴阳两界。他们生前梦中相恋，死后花园幽会，还魂至人间后据理力争，终于结为百年之好。

柳、杜面对的是看重出身的门阀观念，乔、史迎击的却是青睐银子的拜金主义，但这两对恋人不仅冲破了父母之命，还冲破了社会障碍，甚至冲破了阴阳阻隔，显示出了爱情或者说人性的巨大力量。

乔书生跟连城的相爱，是建立在相知的基础上的。连城看到乔书生给自己的刺绣作品上的题诗后十分欣赏，逢人就赞美乔书生的诗句，深为他诗句的工丽和隽永所折服。乔书生得知连城的评价，感悟到这才是真正了解自己的人，不禁脱口道："连城是我的知己啊！"乔书生还通过连城的女佣向连城袒露心扉，说："古人说'士为知己者死'，我不是为了女色。"他希望得到连城对自己的回眸一笑，当他得到后并再次感叹："连城真是我的知己啊！"

《红楼梦》第三十二回中，黛玉听到宝玉跟别人说"林妹妹不说这样混账话"时，喟叹："素日认他是个知己，果然是个知己。"宝玉让他留步再说句话，黛玉答："有什么可说的。你的话我早知道了！"这表明两人已经达到了心灵相通的境界。所以，只有心意相通才能互相沉醉，并收获牢固的爱情，而只有相知才能有真爱。

假若乔书生到阴间后找不到连城，他就完全无计可施了。在这个紧要时刻，过去的一位好友帮助了他，这位朋友是在阎王府里当"公务员"的顾先生。正是有了顾先生的鼎力相助，乔书生才能找到连城并得以顺利还阳。

朋友相助是乔生跟连城最终结合的关键。

"管鲍分金"的故事说：春秋时代的管仲和鲍叔牙一起做生意，鲍叔牙知道管仲家穷困，就让他多得。这样，管仲才得以偿清债务顺利度日。

友情往往是使天平向成功倾斜的关键砝码。

乔书生跟朋友的友情是怎么来的呢？乔生跟顾先生是好友，顾先生死后，他悉心照料其妻儿；县令器重乔生，他死后，乔书生变卖家产让县令灵柩和家属返回千里之外的故乡；在阴间，乔书生仗义地承担起"宾娘"还魂的责任……乔书生一次又一次地有力出手，真诚待人，解人困厄，赢得了诚挚的友情，故而在困厄中得到朋友一次次援手。

平时注意建立友谊，遇事必有人出手相助。例如，一个重友情的人被公司解聘后，立即有朋友出谋划策或举荐其任新职；而平时不重友情的人则门庭冷落，鲜有外援。

15.《嘉平公子》
——没真才实学，鬼都不理

嘉平县里有位公子风度潇洒、相貌俊美。他十七八岁的时候到郡里参加科举考试，一天偶然从一处青楼路过，瞥见里面有个十六七岁的佳丽，不觉用眼睛直瞅人家。那女子微笑了一下，似乎朝他点了点头，于是公子便凑到近前跟她搭讪。

女子问："你住在哪儿?"公子以实相告。又问："屋里还住别人吗?"公子告知没有。女子道："我晚上去拜访你，别跟别人说。"

到了晚上，公子让仆人到别的房间休息，自己则静候女子到来。那女子果然前来，并自我介绍说"我叫温姬"，又说："我仰慕公子风流倜傥，所以背着鸨母来了，我愿意终身侍奉你。"公子听了挺高兴。此后，温姬每隔两三晚来一次。

一天晚上，温姬冒雨前来，她将湿漉漉的衣裳挂在衣架上，并脱下靴子请公子刮去污泥，自己则上床盖上被子暖身。公子见靴子是用五彩花纹的锦缎做的，觉得甚为可惜。女子说："我不是真的让你擦靴子，我是让你知道我的一片痴情。"这时窗外雨声淅沥，女子吟了一句诗——"凄风冷雨满江城"，然后请公子接下句。公子一愣，推说自己不大懂诗而没联句。女子道：“像公子这样的人，怎会不懂诗呢？我的诗兴都没了。”接着她劝公子练习作诗，公子答应了。

公子的姐夫姓宋，是个世家子弟，当他听说此事后，便要求跟温姬见上一面。公子跟温姬一提，温姬坚决不同意。姓宋的就躲藏在隔壁等温姬来了趴窗偷窥，当他看到温姬闭月羞花后便神魂颠倒起来，于是他硬闯进了屋里，温姬见此立即起身逃走了。

宋某仍不罢休，去青楼给鸨母送了礼物，点名要见温姬。鸨母看了他一眼，说：“以前是有个温姬，可是死去很久了。”姓宋的吃了一惊，回来便将此告诉了公子。公子这才知道，温姬是女鬼。

晚上，公子犹犹豫豫询问此事，温姬则平静地说：“我的确是女鬼。不过，你想得靓女，我想得俊男，咱们各遂心愿，又何必分人、鬼呢？”公子点头赞同。考完试，公子回家，温姬也跟着。到了家，公子让她睡在书房。

公子总不回妻子那儿睡，父母起了疑心。趁温姬回娘家时，公子悄悄将实情告诉母亲。其母大吃一惊，让他立即跟温姬断绝来往，但母亲怎么劝公子也不听。父母为此十分担忧，用了各种办法也没能赶走温姬。

一天，公子给仆人写了张条儿搁在桌上，里头有些错别字。如把“花椒”错写成“花菽”，把“生姜”错写成“生江”，把“可恨”错写成“可浪”。温姬见了字条，提笔在上面写道：“何事‘可浪’？‘花菽’‘生江’。有婿如此，不如为娼。”

她又跟公子说：“我当初觉得你是书香门第，也是个文人雅士，所以不顾害羞自愿上门。没想到，你不过徒有漂亮外表而已。我以貌取人，岂不被天下耻笑！”说完，便无影无踪了。

一开始，温姬被嘉平公子的俊美容貌所吸引，主动问他的住处，并且晚上不辞辛劳上门相会。为了及时见面，即使天下大雨她也毅然冒雨赴约，以至于在泥泞的道路上艰难跋涉，甚至弄脏了漂亮的靴子也在所不惜，只要早点儿赶到公子处就好。这是多么动人的情意啊！正如温姬自己所说，她对俊秀的公子抱有一片痴情。

然而事情慢慢发生了变化。起先，温姬随口说了句诗让公子接下句，公子竟然对答不上。一般地说，对于一个已然寒窗十载的书生而言，赋诗联句不过是小菜一碟，也是手到擒来的小事，而公子竟然茫然无措、一筹莫展，还找借口推推托托。此时，其浅薄真相已现端倪，这怎能不让温姬扫兴呢？但温姬仍然将他视作有才学的人，奉劝他今后在写诗作赋上下点功夫。

两人回家后，父母发现了公子跟温姬的私情大为不满，并想方设法驱赶温姬，但都没有成功。由此可见，温姬对公子用情之深。

接下来发生的事情不仅让读者感到意外，也哑然失笑。一桩不起眼的“小事”，竟然导致公子父母赶都赶不走的温姬主动迅速地悄然遁去。

这“小事”是温姬发现公子给仆人写的纸条上居然有一连串错别字，而这些生活中常用的字都写得白字连篇，其文化素质之低可想而知。温姬彻底醒悟了，原来公子不过是徒有漂亮外表、胸无点墨的低能儿，而跟这样的人再待下去还有什么意思？于是，温姬留下一首打油诗后永远地消失了。

不学无术的人，连鬼都不理！在现代社会中，只有具有真才实学的人才受人尊重。

《史记·仲尼弟子列传》记载：“澹台灭明 ，字子羽 ，状貌甚恶。欲事孔子 ，孔子以为材薄。子羽受业孔门后，退而修行，南游至江 ，从弟子三百人，名施乎诸侯。孔子闻之，乃曰：‘以貌取人，失之子羽。’”这段话的意思是说，澹台（复姓）子羽想拜孔子做老师，孔子嫌他相貌丑陋没接受，子羽只好跟孔子弟子学习，后来自学成才，并因有弟子三百而享誉江南。孔子于是叹息说：“我只凭相貌判断人品质能力的好坏，结果对子羽的判断发生了错误。”

孔子的教训流传千古，留下了“以貌取人”这个成语。在当代，这个“貌”也包括职位、学历等。看一个人的本领，最终还是要看他在实践中的表现。没有真才实学的人，即使是“博士”“博导”之类的头衔也只能蒙蔽一时，最终势必露出马脚。而要有真才实学，就必须坚持不懈地学习，因为学习不仅让专业精进，也令创新思维如汩汩泉水涌流不断。

16.《青凤》
——以德报怨得安宁

太原有个姓耿的人家原本是大户，后来渐渐衰落了，房舍也多无人住，常闹出诡异的事情，于是主人也搬走了。

主人的侄子叫耿去病，他性格豪放。一天晚上，看房子的告诉去病楼上似乎有灯光。去病悄悄上楼时，渐渐听到了屋内轻轻的说话声。他上了楼，见大厅里点着两根大蜡烛，房间亮如白昼，桌上摆满了酒菜，桌旁还坐着四个人：老头儿，老太太，约二十岁的男孩儿，十五六岁的女孩儿。

去病打了个招呼，酒席上的人吃了一惊，躲到内室，唯独老头儿坐着不动。老头儿问他是谁，去病答："这儿的主人。"老头儿看了他一眼，说："你不是主人。"去病说明自己是主人侄子。老头儿请他入座饮酒。老头儿说自己姓"胡"，然后唤出男孩儿介绍说是儿子，叫"孝儿"，比去病小两岁。攀谈间，老头儿说："听说你祖上编了一部《涂山外传》?"去病点头称是。老头儿说："我就是涂山氏的后人。"去病于是有声有色地讲了涂山狐女辅佐大禹治水的故事，老头儿听了十分高兴，叫老伴儿跟女孩儿也出来听，并介绍说女孩儿是侄女儿，叫“青凤”。

去病见女孩儿聪慧而美丽，不由动情，感慨地说：“若能得到这样的妻子，就是做皇上也不换！”老太太觉得他喝醉了，就跟女孩儿回屋了。然后，去病起身告辞。

第二天晚上，去病再去，楼上寂静无声，于是他搬到楼下住。次日晚上，忽然来了个披头散发、面色漆黑的鬼，去病便将墨汁涂抹在脸上跟鬼对视，然后鬼就溜走了。

又一个晚上，去病听到后面似乎有开门声，过去一看是青凤，他赶快过去，但青凤已关了门。去病在外面一再表白倾慕之情，说若能握一下女孩儿的手便死也无憾。女孩开门请他进屋，告诉他叔叔管教很严格，那黑面鬼就是叔叔变的，而他们明天将举家搬迁到外地。青凤说完欲走，但去病硬留她，正说着老头儿来了，怒斥道：“贱丫头！坏了我家名声。再不快走，我用鞭子抽你！”女孩儿哭着跑了。去病忙解释是自己硬留青凤的，老头气哼哼地走了。此后，这里再无异常。于是，去病买下这座宅子，携带家眷住在里面。

一个清明节，去病扫墓回来，见一只恶狗猛追两只狐狸，一只落荒而逃，另一只似向他求援。去病赶走恶狗，将它抱起带回了家。刚到屋里，狐狸忽然变成了青凤，去病大喜。青凤告诉他，刚才跟丫鬟游戏忽遭横祸，若非去病相救早没命了。去病倾诉相思之情，青凤说再次相逢是命中定数，丫鬟准以为自己死了，今后便可以长久在一起了。去病另收拾出一套院子，让她住下。

两年后的一个晚上，去病正在读书，孝儿忽然出现并跪在地上，说去病的朋友猎得的狐狸是他父亲，并请求去病搭救。去病想起老头儿训斥青凤给自己难堪的事，心中不悦，没答应。青凤得知后说，老人家对自己有养育之恩，当时训斥也是家教。去病说自己当然会救，当面没应承不过是宣泄对老头儿的气愤。

老狐狸被救回，三天后苏醒了，他惭愧地向去病谢罪。去病让他们一家住下，两家人亲密得像一家人。去病的正妻生了儿子，孝儿做孩子的老师，循循善诱，孩子进步很快。

青凤一家搬家前，老头儿发现青凤跟书生耿去病深夜相会非常气愤，对侄女儿一顿骂。他的愤怒责骂，客观上也包含了对去病行为的否定和申斥。也就是说，骂的虽然是自己的侄女，但话里话外实际上包含了对去病行为的斥责。实际上，老头儿骂的是两个人。

去病听到这些话，自然非常难受，但他出于对青凤的爱，立即说责任全在自己而与青凤无干，并请老人责罚自己。当他回去后并回忆这件事情时，想到老头儿气势汹汹的样子，便感到老头儿是冲着自己来的，于是心里会琢磨："不同意就说不同意，何必如此辱骂给我难堪。"这时，去病对老头儿甚为反感。

后来，老人的儿子孝儿请求去病搭救老头儿。乍一闻听老人被捕获的讯息，或许他心里隐约有一丝快意，但想到青凤便立即决定出手相救。虽当面回绝了孝儿，但不过是为了发泄自己对老头儿的不满而已。

青凤的一番话更加坚定了他救出老头儿的决心。青凤表示：第一，老头儿对自己有养育之恩；第二，老头儿训斥自己也是完全符合传统道德观念的，并没有什么错儿。当去病听了这些话后，心里对老头儿的怨气也就烟消云散了。因此，在救回老头儿之后，他让老头一家居住下来，并友好、亲切地对待这家人。

去病以德报怨的举动让老头儿心服口服，从心底感激去病，此时他完全改变了以往对这位性情豪爽的书生的看法，并乐意将他视作自己的好友。孝儿在去病"以德报怨"后认定去病是父亲的救命恩人，十分乐意跟耿家往来，并尽心尽力辅导去病儿子读书。青凤目睹去病不计前嫌救下养育自己的叔父，心里也感激去病，并对去病的情意愈加深厚了。所以，去病“以德报怨”之举给自己营造了更为和谐、融洽的人际关系，也给两家营造了友好、亲密的氛围，更有益于两家长期和睦、友善相处。

“以德报德”易，“以德报怨”难。“以德报德”是以恩惠回报恩惠，既符合传统美德也符合人的心理感受，人们容易接受。而做到“以德报怨”就不那么容易了，“以德报怨”指的是“不记别人的仇，反而以恩惠回报”。《太平御览》中说：“龙门，鱼之难也；太行，牛之难也；以德报怨，人之难也。”意思是，跃过龙门，对鱼来说，是最难的；翻越太行山，对牛来说，是最难的；做到以德报怨，对人来说，是最难的。然而，这也是对自己极为有益的事。

不计前嫌，以德报怨，给自己开拓出更广阔的生存空间。在学习或工作中，你求助某人而得不到帮助，过后当这个人需要你的帮助时你帮还是不帮？宽容相待，慷慨臂助，会让自己心里更踏实，襟怀更开阔，活动天地更宽广。

一个人的心胸有多宽阔，生存的空间就有多宽阔。

17.《石清虚》
——“获宝”处置不当，会变成一场噩梦

邢云飞喜欢收藏石头。有一次，他在河里捕鱼时捞上来一块特别好看的石头，一尺多长的石头不光晶莹剔透，还有秀丽的山峦图案。最神奇的是，要下雨的时候，石头的孔洞里还会冒出云气。

有个恶霸来到他家，以观赏为名让仆人把石头抢走了。仆人失手将石头掉入河中，恶霸雇了会游泳的人下水打捞，但怎么也找不到。邢云飞伤心地在河边徘徊，突然发现石头就在离自己不远的水里，他惊喜万分地忙下水拾起，然后带回了家。

一天，有位老人来到他家说石头原本是自己的，还说这块石头上小孔有九十二个，若云飞保存此石则会减少三年寿命。云飞不舍石头，老人便用手指封了三个小孔，剩下八十九个代表云飞的寿命。同时，老人还告诉他某一小孔中刻有五个很小的字：“清虚天石供”。

有个小偷儿半夜从云飞家偷走了石头，云飞到处寻觅也没发现踪影。几年后，云飞逛庙时发现庙门前有人卖的石头正是自己的，要认领，卖石头的不答应，于是争执起来。两人到了官府，卖石头的只能说出小孔数量，而云飞不仅说出小孔数量，还说出某个小孔

里的五个字以及被封的三个小孔处的手指印儿。石头被判给云飞，云飞拿回家用锦缎包裹起来放入匣中，每次取出来欣赏时都先焚香祈祷。

有个大官儿想用一百两银子买石头，云飞说这是自己的命根子，给一万两银子也不卖。于是，大官儿暗中找碴儿陷害他，云飞被关进了监牢。然后，大官儿又派人向云飞家人暗示可用石头换人。云飞对家人说宁肯坐牢也不放弃石头，但他的妻子和儿子商议后把石头给了大官儿。云飞出狱后，气得几次自杀，最后都被救下了。

一年后，云飞梦见一位自称“石清虚”的先生，他说自己就是那块石头，还告诉云飞在次年几月几日到何处花不多的钱就能把石头购回。云飞醒来，欣喜若狂。

石头在大官儿家再也不冒云气了，跟普通的石头没什么两样。后来，大官儿因犯罪被罢了官，不久便死去了。云飞按照梦中说的日期来到某处，见大官儿家属在出售石头，便用两贯钱买了回来。

云飞去世前叮嘱儿子务必将石头搁在棺材里，然而在他离世半年后，盗墓贼从墓中偷走了石头。云飞的儿子四处打听，但是找不到任何线索。

一天云飞的儿子跟仆人在路上走，见前面两个人一边向空中跪拜，一边说：“我们俩偷了石头，求邢先生别再逼我们了。”云飞之子将二人送到官府，审问后得知的确是他俩偷了石头并已卖给官府。石头取来后，审理案子的官员想将石头据为己有，下令将石头存入库房，差人刚拿起石头却不慎失手掉在地上摔成了几十个小碎块儿。云飞的儿子把碎块儿带回去，重新埋入了父亲的坟墓。

邢云飞自从意外获得一块灵秀奇异的美石后，厄运便接踵而至。先是恶霸到他家粗暴、野蛮地将美石抢走，之后梁上君子夜半光顾令美石不翼而飞，接着一个大官儿强买美石，遭云飞拒绝后设计陷害，致使云飞承受牢狱之灾。可以说，自打云飞得了石头之后就没了太平日子，祸殃是一桩接一桩。

甚至他死后躺在坟墓中也不得消停。贼人来掘墓，将陪葬的石头盗走；儿子再次把墓挖开，将摔碎的石头重新放进棺椁。

这石头还累及后人：云飞妻儿在他生前跟着着急、生气、探监，并战战兢兢入侯门“献宝”以赎出云飞；在他故去后，仍旧跟人对簿公堂讨要石头……

云飞捕鱼时发现这块非同寻常的石头时异常惊喜，保存石头的时候心里也极为喜悦、满足，然而令他始料不及的是这宝贝疙瘩是个祸根，从此后是飞灾横祸接二连三。在人生的终点，当他回顾往昔岁月时，也许稍能省悟石头带给自己和家庭的不幸吧。

《红楼梦》中有个人物叫“石呆子”，他收藏了二十把精美绝伦的古扇。贾赦逼着要买，石呆子偏不就范，说：“要扇子先要我的命！”结果被诬陷拖欠官银，扇子被抄没，石呆子也生死不明，其实他的命运就跟云飞如出一辙。在现实生活中，像云飞、石呆子这样“获宝遭灾”的事例不少，可见有时候获得物质或金钱上的某种丰厚收益，也会招来意想不到的麻烦。

“获宝”本来是好事，但处置不当却会变成一场噩梦。在现代社会中，“中大奖”的人并非都能得到幸福，有的反而因“大奖“招来麻烦而陷入痛苦之中。

所以，我们对“财宝”既要看重也要看轻，多方面考虑并妥善处理“财宝”，方为长远之计。

18. 《翩翩》
——彻底改正，才能掀开新的一页

罗子浮幼时父母双亡，由叔叔抚养。叔叔家境富有但无子，不免溺爱子浮。罗子浮长大后，因受人引诱而经常沉溺于花街柳巷。后来，他迷上了一个从南京来的妓女，然后随之到了南京并在青楼住了半载，最后银子花光后被赶了出来。

此时，子浮得了性病导致下身溃烂，而他又身无分文，只能沿街乞讨度日。他怕客死他乡，只好慢慢往回走。等快到故土时，他自觉无颜见家乡父老，便不敢前行只好到处流浪。

子浮想投宿山中寺庙，却在山路上遇到了一位美貌非凡的女子。女子自称是出家人，说前面有自己的山洞可以住下。子浮听罢，非常高兴。

洞内明亮，有小溪、石桥。女子让子浮到溪水中洗澡，洗后他发现身上溃烂处忽然不疼了。天晚了，女子让他休息，并连夜用树叶子给他缝制了一套新衣裳。半夜醒来，他发现身上的溃烂都结了痂。早上，子浮拿起衣裳一看，竟然是绿色绸缎做的。吃饭时，女子摘了些树叶让他品尝，他发现味道跟饼一模一样。而女子用树叶剪的鸡、鱼烹制后，也跟真的没什么两样。坛子里的美酒少了，女子就添加些溪水，但味道依然醇厚。几天后，子浮身上的疮痂全脱落了。后来，两人同眠，十分快乐。

一天，一位容貌姣好的少妇来访。她称女子“翩翩”，女子称她“花城娘子”。子浮看到花城娘子非常漂亮，不觉想入非非、魂不守舍。于是，他趁弯腰时偷偷捏了一下花城娘子的脚，花城娘子依然说笑，似乎没有发觉。他正胡思乱想，忽然觉得浑身发冷，低头一看，发现身上穿的绿绸缎衣裳全变成了秋天的枯叶。他心中大惊，赶紧收住心思，不敢胡想，并端正地坐着。过了会儿，身上的衣裳又变成了绿绸缎，而子浮庆幸两位女子没有注意到自己的窘态。

吃饭时，子浮忍不住轻轻抚摸花城娘子的手，花城娘子依然谈笑自若像毫无察觉一般。这时，他身上的衣服又变成了树叶子。子浮惭愧万分，不敢再有妄想，衣服依旧变回了绸缎。

深秋时节，寒风凛冽。翩翩用洞口的白云当棉花，给他做的衣裳又暖又轻。

第二年，翩翩生了个儿子。过了几年，儿子长大了，跟花城娘子的女儿订了婚。子浮在洞中教儿子读书，儿子天赋高能过目成诵。后来，儿子跟花城娘子的女儿成了婚，子浮便带着儿子、儿媳回到了故乡，叔叔见子浮带着儿子、儿媳回来大喜过望。

后来，子浮因思念翩翩便带着儿子到山中寻找山洞，但怎么也找不到。最后，父子俩只得洒泪而归。

子浮之所以轻易坠入烟花柳巷并沉湎于女色，跟他的身世密切相关。

子浮是个可怜的孩子，自幼父母双亡。后来幸亏有叔叔照料，这本是好事，然而叔叔因怜惜他而百般溺爱，反而害了子浮。因为被溺爱的孩子在蜜罐中长大，抵抗力差，最易染上坏毛病。

溺爱是人生的祸根。有位明星的儿子，因从小被溺爱，变成肇事惹祸的“高衙内”，动辄就说“你知不知道我是谁”，如今被逮捕法办，其父母或许有所省悟，但为时已晚。

坏习惯一旦养成就不易改正，心病比身病难治。子浮的伤疤在小溪洗浴后刚刚治愈，当他看到花城娘子的美貌时立刻“好了伤疤忘了疼”，旧病复发地动手动脚地调戏花城娘子。只是由于翩翩神力的严厉警告——子浮的衣服一次又一次变成枯萎的树叶并使其浑身发冷，他才慌忙收敛。

子浮虽然丑行不断，但他尚能知过改过。在对花城娘子动过两次邪念之后，他再也没犯同样的毛病，心里的病算是治愈了。

彻底改掉恶习之后，子浮的生活踏上了坦途且一帆风顺。跟翩翩的生活甜蜜美满，生的儿子聪明、英俊，后来娶的儿媳俊俏、孝顺，一家老小和和美美。

彻底改过，才有新的生活，才能掀开新的一页。

《红楼梦》中的贾瑞试图调戏凤姐，后接连遭受惩罚：先是被凤姐诓骗至穿堂，在腊月的朔风中待了一夜差点儿被冻死；随后被爷爷痛责三四十板，跪在地上饿着肚子读文章；继之被贾蓉、贾蔷借机勒索一百两银子；最后在台阶下被兜头浇了一桶屎尿。即使如此，贾瑞仍不思悔改，一再窥视风月宝鉴正面，终于一命呜呼。

《左传》中说，郑庄公的弟弟段叔不断扩充实力欲图谋反，有人建议庄公立即出兵讨伐，而庄公回答说：“多行不义必自毙，子姑待之。”意思是“不仁不义的事情做多了，必然自取灭亡，您等着瞧吧”。命运是给悔过自新的人机会的，而且常常不止一次，但在一次次机会前依旧怙恶不悛的人，最终下场都很难看。

子浮跟贾瑞的故事含有惩戒意味。子浮能善终，根本原因在于他能悬崖勒马。清代纪晓岚在《阅微草堂笔记》里说："书生悬崖勒马，可谓大智慧矣。"意思是能悬崖勒马的人是极聪明的人，其实就是指的自我约束力强的人。有的人能戒烟，有的人却戒不了；冬末有的人能忍住不滑"野冰"，有的人却照样去滑；有的胖子能节食，有的却节不了食……前者都得以"脱困"，后者皆"咎由自取"，而在生活中这样的事例每天都在发生。

这个故事里有个令读者感动的人物——翩翩，她是自天而降的一位"救助者"。

翩翩用溪水治好了子浮身上的烂疮，并供给他美味的饮食，还给他缝制了暖和的冬衣。为了彻底治愈子浮心中顽疾，她特意请来花城娘子。翩翩在子浮重蹈覆辙之际没有抛弃他，而是及时予以惩处，待子浮有所悔悟便予以宽宥并反复施教，甚有耐心。可以说正是由于翩翩奖惩结合的教育方法，子浮才最终改掉了坏习气，而去掉坏毛病往往需要多次训诫。

值得注意的是，翩翩在纠错时还留意尊重子浮人格，没有当面大加训斥，而是巧妙地利用冬衣进行训诫，以令其自悟。正是这种讲求实效而又尊重对方人格的教育方式挽救了子浮，使他得以洗心革面、重新做人。

留有情面的批评往往更能打动对方。老师在批评学生时往往单独谈话，对领导者的不足或失误提出劝诫时多避开他人，这类做法不仅避免了对方"受伤"，也避免了自己失误。

其实，人们在生活中也能碰到翩翩这样的"仙女"，这个"仙女"就是一次次出现的改过机会。

抓住改过机遇，就能提升自我。

19.《王成》
——勤劳加变轨是改变命运的良策

王成祖上曾是官宦人家，到王成时家境早已败落，而王成做事懒惰，家庭愈加衰败了。

村外有个亭子，盛夏夜晚时一些人图凉快常睡在亭子里，王成也睡在那儿。天亮了人们都走了，直到日上三竿王成才起来。他忽然发现草丛里有个金钗，拾起来正细看，正好有个老妇人来找金钗，王成在问明情况后把金钗给了她。妇人称赞王成品德好，说金钗是死去丈夫的遗物。王成从谈话中得知，原来老妇是传说中的自己爷爷的狐仙妻子，王成便带老妇人回了家。

老妇人将金钗交给王成妻子，叫他换钱买些柴米。三天后，老妇又来并给了王成几两银子，让他买两石粮食。同时，取出四十两银子让他买葛布到京城贩卖，并特别嘱咐他不要懒惰耽误行程。

天下大雨，道路泥泞，王成在旅店多住了两天。到京城后葛布价格涨后大跌，王成只好贱卖，最后亏损了十几两本钱。当他准备回去时，他惊恐地发现行囊中的银子被偷光了。有人劝他报官让店主赔偿，王成没去。于是，店主感谢他的仁德，送他五两银子做盘缠。

王成在街上看见有斗鹌鹑的，一只鹌鹑要上百文钱。于是，他便出城买了一担鹌鹑，但买回后却连降大雨导致鹌鹑无法出手，而鹌鹑每天死去一些，到最后只剩下了一只。王成急得落泪。店主仔细观察了那只幸存的鹌鹑并说是优良品种，先训一训看看，若善斗也能赚钱。王成训练鹌鹑之后，拿到街上斗，赢了；又跟官绅子弟的鹌鹑斗，也赢了。半年时间用这只鹌鹑居然赚了二十多两银子。

附近有座王府，府中亲王喜好斗鹌鹑。店主劝他去跟王府的鹌鹑斗一斗，如果能赢则亲王或许会想买他的鹌鹑，但不要轻易降低价码。到王府后，果然斗败了亲王最强悍的鹌鹑。王成出价一千两，亲王给二百两，最后以六百两成交。王成给了店主一些银子，而店主只收了住宿费和饭费。

王成回到家述说了自己的经历，还拿出银子让大家看，全家都很高兴。老妇人让王成买了三百亩良田，又修造房屋、置办家具，俨然成了殷实人家。

老妇人每天早早起来督促王成带领雇工耕种土地，督促王成妻子织布。王成夫妇在老妇人的督导下，勤劳做事，不敢懈怠。

三年后，王家的家境更加富裕了，真正地恢复了先辈世家的气象。夫妻俩非常感谢老妇人，老妇人却要告辞。两口子苦苦挽留，老妇人答应留下来，而当他们第二天早上起来时却找不到老妇人的踪影了。

当王成上路去京城贩卖葛布的时候，其心里一定非常快活，他心想自己这回能赚钱了，以后的日子也有指望了。但懒惰成性的他，对做事的艰苦性估计不足，克服自身坏习惯的决心也不够大。因此，在路遇大雨后，他嫌道路泥泞难行就在旅店多住了两天。恰恰就是这延宕的不起眼的两天误了大事——等到他抵京时，葛布价格由高走低大幅下跌。货砸在了手里，王成不得已将葛布赔钱售出。这么一来，不仅赚钱的希望落了空，也害得自己流落京城，既而他的心情一落千丈，而这些都是因为王成一时的懒惰给自己带来的一连串麻烦。丹麦有句谚语：“懒惰者的道路充满荆棘。”稍懒一步跟稍勤一步，有时会造成巨大的差异。例如某经营者做市场调研时，不顾劳累多走了几处商店而获悉了重要商机，事业则迅速腾飞。而想喘口气的另一经营者少去了这几处商店便没发现商机，事业只好原地踏步。

磨难是最好的课堂。王成在磨难中懂得只有自己不辞劳苦、笃行不倦，才能摆脱窘困处境。于是他出城买鹌鹑，千方百计训练鹌鹑，一次次参加斗鹌鹑……手里终于积攒下些许银子。如果他整天坐在旅店伤心哭泣，虽然好心的店主不加驱赶，仍然只能两手空空、一蹶不振。而一旦持续不断地奔忙起来，虽然筚路蓝缕、历经曲折，但最终的境遇发生了天翻地覆的变化。

王成的成功“脱困”，包含了一个重要因素：他不是一条道走到黑，而是懂得变通的。葛布贩卖失败，他没有继续买葛布等待价格变化，而是转而投资收购鹌鹑。鹌鹑几乎死光后，他没有继续出城再买鹌鹑回来贩卖，而是转而尝试训练鹌鹑、斗鹌鹑，结果大获成功。

《周易》说：“穷则变，变则通。”事情到了穷途末路，适时进行某种调整改变，就会走出一条通畅的大道。

鹌鹑死后，再去买，即使成功，做的也不过是本小利微的生意，而他的经济状况却难有根本改变。改为斗鹌鹑后，有利的机遇大大增加，经济实力一下子跃上一个高台阶。一个人在发展中应多方试探、多方比较，只要敢于尝试就能不断进取。一位经营蔬菜大棚的农民，在操作中不断试探采用新的方法，使得大棚的保温效果大大提升，反季节蔬菜的品质不断提高，并获取了丰厚的利润。

王成从亭子中懒洋洋地爬起来的时候已经日上三竿了，亭子里的人早都各干各的事情去了，无事可做的王成此时心中是茫然的。当他发现金钗时，心头或许一阵狂喜，觉得至少近些天的柴米不愁了。老妇人来寻找丢失在草丛中的金钗，王成得知实情后当即把金钗给了老妇人。这其实很不容易，当一个人处在穷困潦倒的境况中，不见财起意却还能拾金不昧实属难得。也正因为王成的诚实，老妇人才跟他一起回家，并彻底改变了他的命运。如果王成悄悄将金钗掖进怀里，他的人生转机便在无形中擦肩而过了。以诚实待人，对别人有益，对自己也有益。

王成不多的银两是放在旅店房间行李中的，丢失了自然店家有责任。有人劝他把店主告到官府并让店家赔偿，这显然会让替小偷承担责任的店家承受经济损失和声誉损失，后者对店家的损害可能更大。而王成没有这么做，他认为这跟店家无关，也正是这一友善的举动感动了店主。然后，店主一再出手相助：免去他的食宿费，出主意让他训练鹌鹑，建议他去王府斗鹌鹑……总之，店主像王成的路标一样，一再给他指点出了前进的道路。如果没有店主指引，王成的“翻身仗”也无从谈起。

美国有个试飞员，试飞时飞机的两个引擎同时失灵了，幸亏他技术高超才得以驾机安全返回。检查后发现是机械师装错了燃油，犯错误的年轻人顿时吓得大哭，但试飞员没发火，而是邀请他次日跟自己一起检修。这以后，机械师兢兢业业、一丝不苟，试飞员此后驾驶的飞机也再没有出现保养、维修方面的问题。

善待别人，最终善待的是自己。

20.《庚娘》
——沉着应对，等待时机

金大用的妻子小名叫“庚娘”，美貌而贤惠，夫妻俩琴瑟和谐。为避战乱，大用携家南逃。途中，遇到一个也带着家属南逃的人“王十八”，大用便与之结伴而行。到了江边，庚娘悄悄告诉大用，王十八眼神很不正派，看来此人居心不良。于是，大用便答应不与其同船。但王十八很热情的找来了一条大船，还帮大用家把行李装到船上，大用不忍推却好意，而且看到王十八也带着年轻的妻子，便与之同船。

夜晚，船在月光下驶入芦苇丛停了下来。王十八邀大用父子观景，他趁大用不备用力一挤，大用落水。大用父亲正要呼救，被船夫一篙打入水中。随后，大用母亲闻声走出观察，也被打下水。等落水三人都无声息了，王十八才喊救人。其实，大用母亲出来时，庚娘跟在后面，对船上发生的惨剧看得一清二楚。她得知丈夫、公婆都落水遇难没有惊慌失措，只是哭着说：“丈夫、公婆都死了，我何处安身呢？”王十八劝解说：“自己家里富足，跟自己去南京保证衣食无忧。”庚娘表示，若能如此也就心满意足了。王十八一听大喜，对庚娘殷勤照顾。夜里，王十八拉住庚娘欲同寝，庚娘推说正值经期不方便，然后王十八就到妻子屋里睡觉了。妻子反对杀害大用一家，跟王十八发生了争吵，被他拽出船舱推下水。

到了南京，王十八要与庚娘同眠，庚娘却说："小户人家还有喜宴呢，你家如此富有，不难办吧。"王十八欣然安排酒菜与庚娘对饮。庚娘殷勤劝酒，王十八已有醉意，庚娘又端起一大碗，请他再饮。王十八不忍拒绝，喝了下去，醉倒了。庚娘撤去杯盘，假称去方便，却带回一把利刃，照王十八脖子砍了一刀，王十八坐起来大声呼喊，庚娘连续砍去，王十八断气。王家人发现不对劲来察看，庚娘自刎但刀已钝，于是她跑出去投水身亡了。

庚娘遗书被发现，上面详细披露了全家人遇害经过。人们认为庚娘是刚烈女子，便筹款妥善安葬了她。

几年后，庚娘忽然醒来，发现四面封闭才知道自己已被埋葬。几个盗墓贼发现庚娘还活着非常害怕，庚娘也担心他们加害自己，就让他们拿走自己的金簪、耳环，再把自己卖到寺院做尼姑。盗贼们说不敢，将她送到一位寡居的耿夫人家，并假说乘船遇风浪失事，耿夫人很喜欢庚娘。

金大用落水后抓住一块木板漂流，被一位老者救起并留他在家教书。后来，大用协助一位将军做事，被授予了官职。

大用乘船专程给庚娘扫墓，在江上发现另一条船上似有庚娘，当两船接近时一看果真是庚娘，于是夫妻团圆。然后，庚娘把前前后后的事情详详细细地告诉了耿夫人。

庚娘遇到从天而降的大祸：丈夫、公婆突然被杀，一个完美的家庭骤然间只剩下自己。但她没有惊慌失措。庚娘并未愤怒质问凶手，也没有立即投水自尽，而她只是做出悲戚的样子，忧愁自己以后的生计。这一连串举措让杀人凶犯暗暗高兴，没有对庚娘采取任何粗暴无礼的举动，而是一再表示：只要跟自己去南京，保证丰衣足食有好日子过。夜晚，凶者拽她欲行非礼时，庚娘也没有严词拒绝、痛斥对方，而是借口例假在身不方便，然后巧妙地躲避过去了。

几年后，躺在坟墓中的庚娘苏醒了，发现正好有盗墓贼。她没有骂他行窃，而是让其拿走自己的首饰，还建议他们把自己卖到寺院做尼姑。

设若庚娘在丈夫遇害后，挺身而出跟凶手斗，必然会像凶手的妻子一样被推到水里；假若她在墓里醒后怒骂盗墓贼，便很容易当场被残杀——而庚娘都能沉着冷静地稳住阵脚。这样做，就给以后的“反击”留下了机会。

灾难或不幸突然降临的时候，人们往往容易不冷静、感情用事，而一旦激愤的情感冲动起来便什么都不顾了。最后，虽然自己是正义一方，但这种不冷静的处理行为却将给自己带来难以挽回的恶果或者极为艰困的处境。

苏东坡在《留侯论》中说：“古之所谓豪杰之士，必有过人之节，人情有所不能忍者。匹夫见辱，拔剑而起，挺身而斗，此不足为勇也。”意思是说，古代所说的豪杰人物，必定有超过凡人的节操，以及一般人在感情上不能忍受的气度。普通人一旦受辱，就会拔出宝剑站起来挺身去跟对方搏斗，但这算不上是（真正的）勇敢。

遇到危难或紧急的事情，不急躁、不慌张、沉着冷静，采取从长远考虑的措施，才是真正的勇敢。庚娘的所为，说明她是一个真正的勇敢者，是一位令人钦佩的勇士。

遇险须沉着，积极准备、等待时机是高招。遇到某个领导发布错误指示，或歹徒持枪威胁，或坏人劫持人质勒索钱财等都不宜冲动，而要沉着应对、思索良策，然后待机而动，方能最终获胜。所以，有策略才能有胜算。

21.《阿纤》

——不宜随流言起舞

奚山是生意人，有一次半夜投宿，店家却都不开门。正为难，有一户人家出来个老头请他进去。老头热情招待，并让女儿阿纤斟酒。奚山见阿纤面容秀丽，想让她嫁给自己的弟弟，老头同意了。

等奚山办完事再度来到阿纤家时，老头已经死了，家里只剩下老伴儿和女儿阿纤。于是，奚山带着母女二人回了家。

奚山父母很喜欢阿纤，找了处住房让阿纤母亲住下，并选择了吉日让奚山弟弟三郎跟阿纤成亲，而阿纤母亲也准备了丰厚的嫁妆。

阿纤过门后，昼夜辛勤织布。她话语不多，别人跟她说话，也只是笑笑，全家上下都怜爱她。

奚山有一次到阿纤原来居住地方做事，有人告诉他阿纤家的房子十几年来一直空着没有人住，更没有什么老夫妇和一个女儿。空房子旁倒塌的墙压死了一只大老鼠，而许多人去看时老鼠却不见了，人们都怀疑这鼠是灵异之物。

奚山回到家里把这事跟家里人说了，大伙儿怀疑新媳妇是异类，暗自替三郎担心。三郎不理会这些，照样跟阿纤恩爱如初，但人们对阿纤仍然议论纷纷。

阿纤慢慢地也觉察到了，有天晚上她对三郎说："我嫁给你好几年了，从没做过有失妇德的事，现在竟然不把我当人看，请你赐给我一张休书，你另外娶一个吧。"三郎回答："我对你的一片心意你还不知道吗？你嫁过来后，日子渐渐富裕，大家都说你把福气带来了，怎么会有人说你坏话？"阿纤道："你没二心我明白，但众说纷纭，我早晚难免遭遗弃。"三郎再三劝慰。

奚山对阿纤还是有些不放心，于是他把猫放在弟弟家观察阿纤的反应。阿纤虽不怕，却紧锁双眉不快活。有一天晚上，阿纤对三郎说，"母亲有病，自己得去伺候"。次日，三郎到阿纤母亲住处一看，房子空无一人。家人都很庆幸，并劝慰三郎释怀，同时还催他续娶。三郎不理会家人，苦苦等了阿纤一年，却依然杳无音信。

奚山一家渐渐贫穷下去，大家又想起阿纤。三郎堂弟去胶州，得知隔壁住着一对母女，母亲刚去世，女儿一直啼哭不止。堂弟一看，原来是自己嫂子，忙告知三郎非常想念她，并让她一起回去。阿纤说，如果真要回去，就跟大哥分开过。

堂弟赶紧回来告诉三郎，三郎连夜赶到了胶州。房主早就觊觎阿纤美貌，说阿纤拖欠一二年房租，不让她走。三郎直发愁，阿纤说家中积攒了许多粮食，于是卖了粮食还了账，然后两人返家。

三郎把事情的经过告诉父母，然后跟奚山分开过。

经过阿纤辛勤操劳，几年后三郎家逐渐富裕起来，但奚山仍贫穷。阿纤将公婆接到自己家供养，还不时接济奚山家。三郎高兴地对阿纤说："你真是不计旧恶啊！"阿纤回答："其实他也是为你好，况且没有他我哪儿有机会跟你相识？"

阿纤是个容貌姣好且勤劳善良的好媳妇。她嫁到三郎家后，起早贪晚不停织布。阿纤平日话语不多，听别人说话，不爱插嘴，只是笑笑。她孝敬老人，尊重同辈，人际关系处理得当，全家上上下下都喜欢她，但这么一个难得的好媳妇却被流言中伤以致离家出走。

恶果是阿纤丈夫的哥哥奚山造成的。他听到别人议论阿纤一家可能是精怪，没认真思考回家就跟家人乱说。这么一来，流言蜚语立即流传开来。这还不算，奚山还把善于捉老鼠的猫抱到弟媳妇面前观察她的反应，以此来判断阿纤是不是精怪。

这些举动，大大伤害了阿纤的人格和自尊心。阿纤到三郎家后的表现无可挑剔，甚至可以说非常完美。阿纤嫁过来后，三郎家的日子蒸蒸日上，全家都说阿纤给家里带来了福气。

奚山竟然罔顾这活生生的铁的事实，完全抛弃了亲眼看到的阿纤平时的表现，一意孤行地相信传言并多加试探。这些随流言起舞的举动不但伤害了阿纤，也伤害了弟弟三郎。阿纤在谣言的压迫下被迫出走，三郎痛不欲生，思念不止。即使在这个时候，奚山跟家人也没认识到“传谣”给自家人带来的伤害，反而挺高兴，还劝三郎续娶。

结果呢，三郎整日沉浸在思念媳妇的痛苦之中，全家的经济缺了贤惠能干媳妇的主持已每况愈下，家庭又重新陷入了困顿之中。

这就是奚山“随流言起舞”带给全家的伤害。在这个过程中，奚山渐渐也有所醒悟。因此当阿纤重返这个大家庭时，奚山再也不提从前的流言了。

三郎的态度可圈可点。首先，他听到流言时根本不予理睬，并再三向阿纤表示自己坚决不信流言。在流言盛行时，他对阿纤的感情一点儿也没变。其次，三郎发现阿纤住地后，连夜赶去迎回了媳妇。正是三郎的表现，才使得这个被流言击垮的家庭得以重新振兴。

其实，奚山也不是有意加害阿纤。他散布流言也是为弟弟着想，怕弟弟吃亏受害。但是，他忽略了“观察社会生活实际”这个知人论世最根本的出发点。

《荀子》说：“流言止于智者。”意思是，流言到了有见识的人哪儿，就不再流传了。因为有见识的人知道，传播流言对人对己都有害无益。

就“识人”来说，“听其言，观其行”最可靠。对他人或者某个同事、朋友要真正了解，就必须细心观察其行为和客观效果，而不能只听别人议论，方可避免误判。

22.《刘姓》
——做好事，有时救了自己

有个姓刘的人为人十分凶恶，他家的几亩地跟姓苗的土地相接，然后苗家在田边种了些桃树。当桃子熟了后苗家儿子去摘桃，而姓刘的却大怒并将苗家儿子赶走，还说桃树是自家的。同时，姓刘的还骂到苗家门口，并口口声声说要去县衙告状。

姓刘的有个朋友叫李翠石在城里开当铺，见姓刘的拿着状纸便问他做什么，当他听姓刘的说完后笑道："你的为人，人所共知。是你的桃树吗？你把话说反了吧?!"他边说边把状纸撕碎了。

姓苗的是庄稼人，怕打官司，觉得几棵树算不了什么，只要不打官司便可以让给对方，求李翠石给说和。

姓刘的得知后，仍然骂不绝口。

过了几天，李翠石听村里人说姓刘的死了，于是感到很吃惊。

一天，李翠石外出，碰到一个拄拐杖的人迎面走来，一瞧是姓刘的。李翠石说："前些天村里人说你死了，原来是假话。"姓刘的请李翠石到家里坐，对他说："不是假的。前些天我被两个人抓到了官府，那个长官指着我说：'像你这样蛮横凶暴的人，真该下油锅！'

然后，有个人查阅了一本簿子说：‘此人干过好事，还不该死。’长官说：‘暂时放他回去。’我就被赶回来了。”

李翠石奇怪：像姓刘的这样的人还干过什么好事？姓刘的感叹道：“要不是这件事，今天就没命了，还要投胎为畜生呢！”

原来，多年前遇上灾荒，百姓饿死的不少。一对年轻夫妻无法存活，便商量着把妻子卖给油坊老板。姓刘的当时在县衙当捕头，在街上碰上了这件事，他很同情这对小夫妻，对他们说：“我送你们三百文，你俩一块儿去逃荒，夫妻又不离散，不是更好？”说着，姓刘的掏出三百文交给这对夫妻，两人磕头拜谢后流着泪走了。

经过“被捉去阴司”这场变故，姓刘的彻底改变了自己的恶习，再也不为非作歹了。他一直活到七十岁，身体仍然很健壮。

这个故事里的“姓刘的”让人觉得特别可恶，分明是别人栽种的桃树，硬说是自己种的，还不准桃树主人家的孩子摘桃子，甚至还骂上门并要去打官司。桃树主人怕打官司，情愿把桃树让给他，姓刘的仍然不依不饶地破口大骂。这样的人简直是地痞、无赖，面目可憎得连他的朋友都不支持他，深知其“一贯不讲理”。因此朋友听他讲述自己的“冤情”后，便用“你把话说反了吧”揶揄他，并一把撕碎了他的所谓状子。

如此蛮横无理的恶徒，连阎王爷都看不下去了，于是派人到阳间把他捉拿到阎王殿问罪。至此，故事无情地鞭挞了那种称王称霸，任意欺凌他人的恶棍。

阎王爷本来要将他处以极刑，却因为一件小事而翻盘。原来，许多年前，这个姓刘的曾在饥馑之年用三百文钱救了一对小夫妻。或许姓刘的当时在街头看到恩爱夫妻处于绝境不得不分手的惨状时心有不忍，于是掏出对自己来说不算什么的三百文给了他们。这不经意而为的善举挽救了一个家庭，而阎王也因为这件事豁免其死罪，暂时将其放还阳间。在死罪得脱后，姓刘的深刻反省了自己素昔的丑行，决心收敛野性，并不再作恶。

顺手做了件不起眼的好事，或许做此事的人不久就渐渐淡忘了。然而，不知道什么时候，这小事就会被人念及而在某个时候拯救了做好事的人。举手之劳的好事虽小，有时却会“发酵”，让做好事者得到出乎意料的回报，尽管他做的时候没什么希图。这就是生活的逻辑。

扶危济困之举，往往能给自己增添摆脱困境的路子。

《红楼梦》中的倪二，虽是市井泼皮，却有义侠之名。当他路遇陷入艰难境地的贾芸，毅然慷慨解囊相助。为此，贾芸既感激又感慨，因为他求助吝啬刻薄的舅舅卜世仁时遭到了拒绝和挖苦，此时心里正难受却忽获意外资助。在倪二看来，这不过是偶然间随手做到的一件小事，但是若此后倪二跟卜世仁若同时有求于贾芸时，贾芸考虑出手相助的一定是倪二而不是卜世仁。

多助人者，多得助。平静的日子里在可能的范围内多帮助同事、朋友，待到自己困窘时，必然得到切实臂助。

23.《二商》
——不顾念亲情，终得报应

莒县有姓商的兄弟俩，哥哥富足，弟弟贫穷，兄弟俩隔墙而居。有一年碰上灾荒，弟弟揭不开锅，让儿子去哥哥家借贷，然而儿子却空着手回来了，说伯母不让借，于是弟弟只好用破烂家具换些秕糠度日。

村中恶棍见哥哥家富有，夜晚翻墙而入并用烙铁来拷问逼迫其交出财产，哥哥两口子叫声十分凄惨。弟弟媳妇说不用管，而弟弟说："他们固然无情，咱们不能坐视不救。"然后，带着儿子勇敢越墙，大声呼喊，把恶人吓跑了。

过了些日子，弟弟家又没吃的了，儿子再次去借只借得一斗小米。两个月之后，弟弟实在支撑不下去了，只得把房子卖给哥哥，搬到了邻村。

恶棍们听说弟弟搬走了，又闯进哥哥家残酷殴打哥哥，钱财和粮食也都被抢光了。弟弟第二天听说跑来，哥哥看了一眼弟弟便死了。

弟弟愤怒告官，但歹徒已经逃走。哥哥家变穷了，弟弟常避着媳妇背米送给嫂子。后来嫂子把房屋、田产卖了一些足以自给，弟弟才不送了。

哥哥家的儿子体弱，跟着弟弟的儿子一起卖烧饼。

弟弟梦见哥哥说："我误听了你嫂子的话，以致失去兄弟情义，而你却不计前嫌，真让我羞愧！卖掉的房子还空着，你赶快去租住。屋后草丛里有个地窖，里头是我藏的银子，你随便用。让我儿子跟着你过吧，那个长舌妇就甭管她了。"

弟弟醒来觉得奇怪，但还是按照梦中哥哥的嘱咐租住了嫂子卖出的房子。他依照哥哥指点去挖，果然掘出了五百两银子。

从此以后，弟弟不让自己的儿子和哥哥的儿子卖烧饼，帮他们在街上开了一家店铺让兄弟俩经营。侄子算账从不出错，做事诚实谨慎，弟弟很喜欢侄子。一天，侄子请求叔叔给母亲一点米，弟弟便每月给嫂子一些钱粮让他度日。

几年后，弟弟家更加富裕了，哥哥的妻子也病死了。后来，弟弟年岁大了，就跟侄子分开来过，并把一半家产给了侄子。

遇到荒年，弟弟实在没办法请求哥哥支援一下，而哥哥完全有财力周济弟弟，但他竟决然拒绝了弟弟的请求。后来，强人来袭，弟弟挺身而出救下哥哥一家。此后弟弟再次遇到难关，哥哥虽然比上次让弟弟吃闭门羹强，但却只给了一斗小米，这对遭遇灾年的弟弟一家来说，区区一斗只不过是杯水车薪而已。

哥哥并不是完全不顾手足之情，而他顾忌的是媳妇的脸色，因为媳妇总是反对他资助弟弟。可以说，这是哥哥最大的"魔障"，也是他的错误所在。当然，哥哥自身的责任也不容推卸。如果他真心顾及兄弟情分，可以设法避开媳妇救济弟弟，但哥哥却没有这么做，这在很大程度上伤害了弟弟，也损毁了兄弟间的情感纽带。

弟弟虽然得不到哥哥匡助，但是当哥哥遭坏人抢劫时毅然挺身而出，跟儿子一起吓跑了强盗。同时，弟弟还在哥哥去世后襄助屡次阻挠哥哥接济自己的嫂子。后来，弟弟还养活了哥哥的儿子，并把一半家产分给他。弟弟如此全然不计前嫌，从兄弟情义着眼，可谓妥帖周到。

其实，弟弟在处理兄弟关系时也遇到媳妇阻力，但他避开媳妇暗中帮衬嫂子。这样既帮助了嫂子一把，也避免了夫妻关系紧张。

弟弟的大度最终感动了哥哥，于是他托梦给弟弟忏悔自己的错误，并把窖藏银两悉数赠予弟弟。可惜，他醒悟得太晚了。如果哥哥早些顾念兄弟之情，他自己便会免于灾难而不至被打死。

自古以来，人们看重手足之情。宋代苏东坡入狱后，他的弟弟在写给皇帝的信中说："不胜手足之情，故为冒死一言。"意思是，无法抗拒兄弟之间的情分，所以为他冒死向皇帝进言。

在社会生活中，虽然各有各的生活、各有各的事业，但当兄弟有难时也应伸出援手。如果完全不顾手足情，不仅会受到舆论谴责，而且心灵也不会得到安宁。

顾念亲情的人，自己也会得到融融暖意。在写字楼打拼的白领，长假期间回到远方乡间见到久别的亲眷，必会深深领悟亲情的温暖。

24.《胡四娘》
——蔑视他人，遗患自身

四川剑南的程孝思从小聪明，善写文章，但父母早逝，家中贫穷。他给胡大人做文书，胡大人看了他的文章赞叹道：“此人不会永远受穷，我将把女儿嫁给他。”

胡大人有三个儿子四个女儿，程孝思被招赘为小女儿四娘的夫婿。四娘母亲是妾，早年去世，于是胡家公子甚至仆人都瞧不起程孝思，但程孝思不计较这些，一直默默无语刻苦攻读。

四娘没定亲时，有个神婆见了四娘说：“这是贵人啊！”四娘的姐姐都嘲笑地称她“贵人”，四娘置若罔闻。四娘的丫头桂儿对胡家人嘲笑四娘夫妇打抱不平，却为此挨打。胡大人生日几个女婿都献上大礼，大家嘲笑四娘夫妇没送大礼，而四娘坦然处之。

胡大人爱妾李氏是三小姐母亲，只有她对四娘以礼相待。李氏对三小姐说：“程姑爷昼夜苦读，难道会久居人下吗？”三小姐每次回娘家，都对四娘示好。

胡大人去世了。守孝之后，程孝思决定进京考试。李氏和三小姐资助他不少银两。但出乎意料，他名落孙山，于是在李御史府中做起了杂事。李御史见他才华出众，十分赏识，帮助他参加了顺天府考试。程孝思中了进士，因成绩突出被授予翰林院官职。李御史派人去剑南给程孝思建造府邸，此时恰好胡大人长子挥霍无度而手头拮据要卖房产，然后李御史派到剑南的差人就买下了他的宅院。

程孝思考中进士的喜报送到剑南家里，胡家人都不相信。正好此时胡家三儿子结婚，大家都去吃喜酒却没邀请四娘，就剩她一个人被冷落在家。

忽然来了个骑马的差人交给四娘一封信，而胡家人也看了这封信，他们大惊失色、不知所措。此时，筵席上的人们赶快派人邀请四娘，还生怕她不来。

四娘来了，神态从容，不卑不亢。众人一下子围过来，有的道喜，有的拉她入座，有的说客气话，满屋子闹哄哄的。大家见四娘没说长道短，才安下心来纷纷敬酒。平时爱奚落四娘的二小姐羞愧、尴尬，甚至冷汗把脂粉都冲散了。大家都觉得不好意思，酒席上鸦雀无声。见有的人悄悄离席了，四娘也站起身来跟李夫人和三小姐行礼告别后离去，而人们这时候才知道买胡家长子宅院的是程孝思。乔迁新居时，亲友纷纷赠物，四娘一概不收，只留下了李夫人送的一个小丫鬟。

胡大人过世后，胡家公子只知争财产而不管父亲灵柩。程孝思择日将棺木下葬，并依礼而行，十分隆重。

程孝思为官十余载，一直清正廉洁，而乡邻有难均尽力相助。胡家二公子误伤人命被捕将判死刑，胡家大公子到京城求见四娘，并匍匐于地哭诉来意。最后，程孝思尽了很大努力才促成将其释放。

后来，三小姐家境逐渐衰落，程孝思和四娘赠给她许多银两和物品。李夫人无子，程孝思和四娘把她接到家中赡养，如同对待亲生母亲一样。

程孝思出身寒微，只是因为才华出众被胡大人招赘。胡家除了三小姐母女外都蔑视程孝思，孝思不理会这些只刻苦读书，而孝思妻子四娘也处处受人蔑视。神婆子却说四娘是“贵人”，女眷们便时常嘲笑地称呼她“贵人”。四娘的丫头看不下去说了几句，竟然被打。胡大人过生日，四娘夫妇未送上大礼也被嘲笑，而蔑视孝思夫妻似乎成了胡家公子、小姐的思维定势。当差人报告孝思中了进士，胡家人竟然不信，甚至不邀四娘参加喜宴。

然而，当他们得知孝思中了进士并且被任命为高官时，顿时大吃一惊乱了方寸，竟然说不出话。二小姐既惭愧又尴尬，汗水把脂粉都冲散了。当二公子落难后，大公子去京城请四娘帮忙，他知道自己以前做错了，故而趴在地上苦苦哀求，而这些丑态都是自找的，若当初能善待孝思两口子，何至如此不堪入目？

面对胡家上下的蔑视，孝思没有慌乱，而是夜以继日地发愤苦读，后来果然高中，故而是金子就总会闪光的。孝思还有个可贵之处，就是遇到挫折不灰心。初试失败，他没有沮丧，而是继续读书、做事，最后终于取得成就。

面对一家人的蔑视，四娘始终很沉稳，即使丫头桂儿不满蔑视而被打，她也没有发作。在三公子的喜宴上，大家已然得知孝思做了大官，便对四娘毕恭毕敬起来，而四娘并未在“彻底翻身”之后指手画脚、说长道短，仍然言语谨慎、得体。同时，四娘也不忘在娘家时善待自己的三小姐母女，她们都得到了意外的回报。

当别人落难贫穷时，不应当蔑视。

苏秦是战国时代纵横家的代表人物。他因游说王侯未成，盘缠花光，衣服破烂，只好回家。当他回到家时，妻子不离开织布机欢迎他，嫂子也不给他做饭吃，甚至父母都不跟他说话。由此，苏秦遭到了家人极大的蔑视。然而，当他在赵国被封为武安君之后路过家乡，家人却收拾房屋、清扫街道、设置乐队、摆设酒席来迎接他。妻子更是不敢正眼看他，嫂子也趴在地上跪拜，并承认自己以前蔑视苏秦的错误。而前后这一系列的巨大反差，令苏秦慨叹不已。

蔑视他人的人，最终被他人蔑视。

尊重他人，包括在事业中失败的人，会让自己看到更多现象，学到更多东西，领悟到更多道理。与此同时，自己也会受到他人尊重。

25.《阿绣》
——真诚相助，方赢得信任和尊重

刘子固在盖县见到杂货店里的一位姑娘姣美艳丽，很爱慕。然后，他便常去买东西，得知姑娘姓“姚”，叫“阿绣”，而她包东西时习惯舔一下纸。

第二年再去盖县，姚家已经回广宁了。刘子固母亲托人提亲，媒人回复说姑娘已许配广宁的人家。

媒人又给子固说了复州黄家女儿，子固去复州时见一家院里有个姑娘像阿绣，走近一看果然是。子固跟阿绣在屋后园子相见了，晚上阿绣去了子固的住处，并告诉他因为父亲嫌距离远所以不愿结亲，其实她没定亲。仆人发现阿绣异常，告诉子固“她或许是狐狸精”。

晚上，仆人拿着棍子准备驱赶。阿绣来了，对子固说：“我知道你的心事，正想帮助你，怎么设下埋伏？我虽不是阿绣，但不比她差，你看看我是不是阿绣？”子固吓得一句话不敢说。阿绣又说：“我走了，等到洞房花烛夜再跟阿绣比比谁更美。”

子固亲自托人到姚家提亲，阿绣母亲说此前有人提亲但还没定下来，等等再说吧。

此时发生战乱，子固逃到海州。他骑马在路上走，逃难的一个姑娘问他："马上的人是刘郎吗?"子固一看是阿绣，问："是真阿绣吗?"阿绣惊愕，子固诉说此前奇遇。阿绣说自己是真的，从广宁回来时却遇上兵乱，多亏了一个女子拉着自己飞跑，而分手时女子说："爱你的人就要到了，你可以跟他回去。"于是，子固知道那个女子是狐狸精了，心里很感激。阿绣还说，因为遇上战事所以广宁那边也没下聘礼。

子固带阿绣回了家，并请来姑娘父母举行了婚礼。

子固拿出纸包，因姑娘舔过而未拆封，一看里面竟是红土。阿绣说，子固当时购买时根本不看东西，所以开个玩笑。夫妻俩正说笑，忽然有人掀帘子进来说："这样快活，不谢谢媒人吗?"原来是假阿绣来了，但家人却谁也分辨不出哪个是真的哪个是假的，而子固也分辨了好半天才勉强认出，便忙向假阿绣作揖道谢。假阿绣看看真阿绣，又拿镜子照照自己，羞愧地跑走了。

子固夫妇感谢狐狸精的恩义，设牌位祭祀。假阿绣有时也来帮助解决疑难问题，如家里丢了东西找不到，假阿绣便严肃地对仆人们说"谁偷了自己放回去，否则悔之不及"，然后东西果然放了回去。三年后，狐狸精不再来了。

仆人告诉子固一桩桩假阿绣的可疑之处时，子固心中非常恐慌，生怕自己被害。但是狐狸精虽然多次冒充阿绣与他相会，从未流露出加害企图。不过，狐狸精毕竟是异类，因此子固觉得仆人的话是对的，不能不防。等到晚上假阿绣快来的时候，他同意仆人拿着棍子埋伏好，等狐狸精来的时候突然出手攻击。

虽然这样安排，子固心里也是不踏实的，总是有些犹豫不决。

所以，狐狸精来后坦荡地表明自己不是要加害子固而是要帮助他，子固则狼狈不堪地无言以对。不过，他的怀疑还是没有完全打消。

后来，子固路遇阿绣，听了阿绣讲述相逢前的一连串经历，方醒悟到狐狸精在热心帮助阿绣跟自己相会，而这次相会也促成了子固跟阿绣婚姻的成功。

因此，子固是感激善意的狐狸精的。子固跟阿绣成亲后，狐狸精还不时变作阿绣的模样来排忧解难，丝毫没有恶意。至此，子固夫妇完全信任了狐狸精，还非常感激她的好心相助。他俩明白，若无狐狸精的帮助，两人不可能结为伉俪。

子固和阿绣在家设立了牌位，虔诚地祭祀狐狸精。这时候，狐狸精成了他们的朋友、他们的恩人和他们最信赖的人。

因此，一个人跟别人是“不同类”时，如要取得对方信任就必须真诚相助地做出实事，然后才能赢得对方的信任和尊重。在现实生活中，刚到农村任职的大学生村官，只有实实在在为农民办事，才能获得村民的信赖和拥护。

《红楼梦》里的贾政是个京官。有一回，他被外放到江西担任地方官，决心做个好官儿来上报圣恩。他雄心勃勃地筹划改革弊端、惩治腐败，在一番思谋之后发布了措辞严厉的告示，宣称贪赃枉法一经查出便立即严办、上报。

但是，地方上对他这个京城来的官员并不信任，纷纷议论说：“凡有新到任的老爷，告示出的愈利害愈是想钱的法儿。州县害怕了，只好多多的送银子。”然后，地方都把他看成了贪酷官吏，最后贾政被人参了一本连降三级，只得狼狈回京。

贾政如果想得到地方百姓和官员的信任，就应当认真深入调查并严肃处理贪官，特别是大贪官，只有做出一些实实在在的事情并取得一定成效，然后人们才会相信他。

信任和尊重，来源于对实际行动的观察。

只说空话，一次两次或许能蒙骗对方，屡次如此自然就没人买账了，也就无法赢得对方的信任和尊重。

26.《鬼妻》

——莫名嫉妒，戕害自己

聂鹏云与妻子感情很好，后来妻子病故，鹏云沉浸于悲痛之中不能自拔。

一天夜里，鹏云在家中独坐，忽然妻子推门进来，鹏云吃了一惊，忙问："你从哪儿来?"妻子说："我已经变成鬼了，感谢你对我的悼念。我在哀求了阎王之后，得到批准跟你见个面。"鹏云很高兴，两人聊了会儿一同就寝，如同妻子在世时一样。

这样持续了一年多。别人都不知道。鹏云的家人劝他续娶，他选择了一位家境不错的姑娘下了聘礼。鹏云怕妻子不高兴，没告诉她。

新婚的日子快到了，家里喜气洋洋地准备。于是，鬼妻知道了此事，便责备鹏云："我冒着阎王处罚的危险跟你相会，你怎么这样对待我呢?"虽然鹏云一再说是家人的主张，但鬼妻不悦，恼怒而去。鹏云无奈，也拿不出什么好办法。

新婚之夜，鹏云跟新娘子劳累了一天，早早地睡下了。半夜，鬼妻忽然出现，并掀开新娘的被子厮打新娘，骂道："你为什么占我的床铺?!”而新媳妇被打醒后，跟鬼妻扭打在了一起。鹏云又怕又无可奈何，不知道该帮助谁。鸡叫了，天快亮了，鬼妻离去。

新娘子怀疑鹏云说了谎话，以为他的妻子没死而自己被骗了，找了根绳子要上吊。鹏云急忙拽住她，详细叙说了事情的来龙去脉，而新妇这才知道跟自己打架的是鬼。

次日，鬼妻又来了，新人吓得躲到一边。鬼妻也不说话，只是用力掐鹏云的皮肉，然后坐在那儿对鹏云怒目而视。如此折腾了好几个晚上，鹏云跟新婚妻子也没法休息。

鹏云请来伏魔降妖的法师，并讲述了前前后后的经过，然后法师削了一些桃木的木头楔子插在鹏云妻子坟墓的四周。从此以后，鬼妻再也不来了。

鹏云的妻子去世之后，他续娶配偶是完全正当、无可非议的。他的鬼妻按说已经跟他阴阳相隔，也应该按照阴间的规矩行事，不宜偷偷摸摸背着阎王跑到阳间来搅扰。

在《红楼梦》里，王熙凤一听说尤二姐的事情，不禁妒火中烧。这是可以理解的，因为王熙凤无子，若尤二姐生个儿子则会威胁到凤姐在贾府的地位。而鬼妻与此不同，因为她已经在阴间了，跟阳间也完全不相干了，所以她理应接受这一现实并在阴间安度岁月，让仍然生活在阳间的丈夫跟新婚妻子平平安安过日子。由此可见，鬼妻对阳间丈夫的新婚妻子的嫉妒是没有道理的。

在社会生活中，人们有时会有一种莫名的嫉妒。也许自己也说不清楚为什么，但这种莫名的嫉妒常常让人不快，甚至心烦意乱。

其实，只要放下这种莫名的嫉妒，做好自己该做的事情，就能稳步前行：该学习的东西认真学，该研究的事物深入钻研，这样就能不断提升自己的竞争力。因莫名的嫉妒而苦恼，则会像鬼妻被桃木禁锢一样最终戕害自己。

莫名嫉妒，令人心绪烦躁，对自己有害无益。

放下莫名嫉妒，就能宁静、快乐地生活。有人看到原先跟自己差不多的人升职了或“发财了”便“羡慕嫉妒恨”，但这除了让自己难受之外，一点儿好处也没有。我们应当从自己的实际情况出发，扬长避短，努力进取，做得比以前更好。

27.《丑狐》
——以怨报德，必遭报应

穆先生家中贫寒，冬天连棉衣都没有。一个寒夜，他独坐家中时来了位女子，衣着非常华丽，容颜却颇丑陋。女子笑道：“你不冷吗?”穆先生问她是谁。女子答：“我是狐仙，觉得你太寂寞，想给你暖被窝。”穆先生没答应。女子拿出一个金元宝搁在桌上，说若跟她相好便把元宝送他。穆先生同意了，于是两人同床共枕。天亮时，女子走了，并嘱咐他用元宝买回棉衣、被褥和食物。

女子晚上来了，见到新的被褥很高兴。此后每晚都来，而走时总留些银两。

一年后，穆先生家房屋整洁、衣食丰足，他成了财主。女子仍来，但留下的银两渐渐减少。穆先生对此心生不满，后来干脆请来法师在门口贴上符咒驱赶狐狸精。女子来了，将咒符扔掉并对穆先生说：“这点小伎俩能把我怎么样?你以怨报德断绝了情义，从我这儿得到的都必须退还。”说着走了。

穆先生请法师设法驱邪。法师设立了法坛，却还没等施展法术便忽然倒地、满脸流血，而且还被割去了一只耳朵。于是，法师只好捂着耳朵逃走了。然后，屋内石头乱飞，器物门窗都被砸坏。穆先生躲到床下缩成一团，女子抱着一个猫头狗尾的动物来了，让它咬穆先生的脚，穆先生疼痛极了且连声哀叫求饶，而女子让他交出了家中所有银钱。

穆先生治疗半年才把脚伤医治好，家中仍旧一贫如洗，跟女子没来前一样。

穆先生家里原本家徒四壁、饥寒交迫，自从狐狸精变作的女子来了以后，家境发生了天翻地覆的变化。房屋整修好了，家具齐备了，衣物、被褥都是簇新的。穆先生和家人都很快活，他家也俨然成了当地一个财东。

看到穆先生家变得十分富足，女子自然减少了“扶贫”的力度，每次来只给不多的银子。穆先生对此心里有些不满，而且随着时间的推移，这种不满的情绪积聚膨胀起来变成了一种愤怒。于是，他请来法师用魔咒驱赶女子，而在被识破后他又请法师设立法坛欲图惩治女子。

事情发展到这儿，穆先生的行为由内心的不满演变成了以怨报德的悖谬行为。

《国语》中说：“以怨报德，不仁。”意思是说，以怨报德是一种不道德的行为。不论什么时代什么人，凡有此行径者，一旦披露出来都注定受到社会舆论的谴责。

故事结尾处，穆先生的财物被索还，他仍旧回复到了女子来之前家境清寒的生活状态。普希金的童话诗《渔夫和金鱼》的末尾，老太婆仍然守着那只破木盆；《丑狐》的末尾，穆先生依旧居住在寒屋里。

以怨报德跟贪得无厌一样，不会有好结局。

此外，我们还可以回过头来想一想，女子的行动是不是都正确？恐怕也未必。她帮助穆先生是无可指摘的，然而她没有劝说穆先生在有了一定经济实力之后自主发展、自力更生，而是不断“白送”，但这是一个潜藏危机的举动，好比溺爱孩子一样。《红楼梦》第四回中说：“如今这薛公子幼年丧父，寡母又怜他是个独根孤种，未免溺爱纵容，遂至老大无成。”这句话说的是薛蟠，正是因为其母的溺爱使得他长大成了一个“呆霸王”。也可以说，正是因为狐狸精变成的女子一次次“溺爱”，使得穆先生变为一个以怨报德的人。“白送”之后又逐渐减少，这自然容易“诱导”出穆先生的不满情绪，最后其以德报怨之举的出现也就不足为奇了。

帮助他人自主发展，才真正有益于受助者。否则，不仅对方不能自立，还将伤及助人者自身，如同穆先生加害女子那样。对朋友如此，对亲属、子女更是如此，甚至对一个国家也是如此。

28. 《粉蝶》
——学艺须勤学苦练、领会要旨

阳曰旦是个读书人。他乘船在海上航行时遭遇飓风，眼看船要翻了，此时却漂来了一只空船，然后他急忙跳了上去。

风停了，船漂到一座岛旁。他上了岛，走进一家院子，听到了弹琴声。一会儿来了个年轻人，两人聊到了籍贯、姓氏，年轻人忽然高兴地说："你是我亲戚啊！"于是，年轻人领他进屋。一位少妇听了年轻人的介绍，说："你是我的侄子！"她自称是曰旦"十姑"，名叫"十娘"，而年轻人说自己叫"晏海屿"，这里是"神仙岛"。

饭后，十娘弹琴，问曰旦想听什么曲子，曰旦说想听风吹船行的曲调。于是十娘弹奏起来，其旋律豪迈奔放，有如山呼海啸。曰旦静静聆听，仿佛自己坐在船上在飓风中随着海浪颠簸摇摆。曰旦惊叹不已，极为倾慕，想学会弹奏这支曲子。十娘同意了，曰旦请求先抄写曲谱。十娘说："没谱子，是我用心来弹奏的。"十娘先教了一些基本手法，曰旦一直学习到一更。待他弹得大体合格了，十娘才离去。

十娘走后，曰旦聚精会神、专心致志地在灯下弹奏，又练习了很长时间，并细心地体会着乐曲的意蕴。忽然，他领悟了曲中奥妙，不禁手舞足蹈起来。

曰旦忽然发现丫鬟还没走，这姑娘眼睛如秋水般明净，娇媚动人。曰旦不觉心动，正跟姑娘说话，只听晏海屿喊“粉蝶”，丫鬟便跑了出去。

第二天，十娘来考查曰旦演奏水平提高了多少。听完他的弹奏，十娘说：“虽然还没到出神入化的地步，但也学得八九成了。只要多练，弹熟以后就能达到神妙的境界。”曰旦请求再传授别的曲子，晏海屿教他弹奏《天女谪降》，因为演奏手法很难掌握，所以曰旦足足练习了三天才将曲子完整地弹下来。晏海屿告诉他回去要多练，如果把这两支曲子弹得娴熟了，以后就没有什么曲子弹不好了。

曰旦离岛时，十娘把琴和药品送给他。十娘将裙子系在船上当作帆，船行驶得飞快，天还没黑就走完三千里到了家。

祖母服下十娘赠送的药，病一下子就好了。祖母告诉曰旦，自己确实有个女儿叫“十娘”，只是在三十多年前就去世了。

家里给曰旦聘了个姑娘叫“荷生”。举行婚礼后，曰旦惊奇地发现竟然是粉蝶。他惊讶地问粉蝶是怎么来的，粉蝶却全然不知。原来，粉蝶是在荷生出世时投生的。每当曰旦弹奏《天女谪降》这首曲子时，荷生便托腮凝神细听，心领神会。

曰旦很想学会弹奏描写海上大风推船航行的乐曲，于是他专心练习。十娘走了之后，虽然已晚，但仍反复练习直至深夜，终于有所进步。晏海屿教的乐曲《天女谪降》指法极难掌握，但曰旦不畏艰难连续练习三天，终于初步拿下，并能够完整地将全曲演奏下来。

十娘在考查曰旦弹琴技艺时告诫他，只有多多练习才能达到神妙境界。晏海屿则告诉他，回去后要多练，只要把这两首乐曲练好了，其他什么曲子都能弹好。

其实，这些话是告诉练习者，不论什么曲子，只要勤学苦练、坚持不懈，就都能弹好。

多练，是进步的阶梯。《红楼梦》中，香菱学作诗肯勤学苦练，宝钗催她几次也不睡，于是宝钗用“呆”“疯”“魔”来形容她的勤奋精神。的确，不论学习什么都得有香菱这种劲头，只有顽强不息地训练，才能达到高水准。

十娘所作的描写大风推动帆船航行的曲子气势豪迈，形象感强烈，深深打动了曰旦。十娘说，这首曲子是用自己的心来写的。也就是说，只要有真情实感，乐曲的意旨是可以从心扉里流淌出来的。故而，演奏这首曲子不仅要多练，还要体悟作品的内蕴，然后才能真正演奏好。曰旦在深夜反复练习、反复品味中逐渐找到了乐曲的内涵，他高兴得手舞足蹈。这时，只有这时，他才可以说他真正会弹奏这首乐曲了。

不论学什么，都须领会要旨。《后汉书·马援传》中马援将军写信给他的侄子说，“龙伯高为人朴实厚道，办事周密谨慎；杜季良性格豪放，很重义气，常为别人分忧”。马援希望自己的侄儿们多学龙伯高，不愿意侄儿们学习杜季良。他认为，学龙伯高不成，还可以做一个谨慎严肃的人，而学杜季良不成呢，则“陷为天下轻薄子，所谓画虎不成反类犬者也”。意思是，不领会杜季良做人的要旨，只模仿表面举止就会堕落为世上的轻薄子弟，成了“描画老虎不成反而画得像狗”了。

领悟精神要旨，是学好各种本领的关键所在。例如练习射击，不光是要学瞄准，更重要的是树立击中目标的信念。

29.《钟生》
——行孝者，得人臂助

钟书生是辽东人，他到济南参加科举考试，听说济南有位道士能预知祸福且很灵验，于是决定在考试之前就去找这位道士。

道士有六十多岁，长须，白发，一派仙风道骨的样子，而前来问吉凶的人将道士围得水泄不通。道士在人堆里发现了钟书生，主动跟他打招呼，说："您的心地和德行都让人钦佩。"道士劝退了其他人，带着书生上了楼。道士问他："您是想知道将来的事情吗？"钟书生回答："是啊。"道士告诉他："你这次考试能够中举，但是回家后恐怕见不到令堂大人了。"

钟书生是个大孝子，听到这话眼泪禁不住流了下来，打算不参加考试回家去。道士给了他一个药丸，说："派人给你母亲送去，可延寿七天，你考完了回家还来得及相见。"

钟书生考完试立即星夜往家赶，而母亲吃了他送来的药已见好转。钟书生进屋后伏在母亲床头哭泣，母亲跟他说："我做了个梦，阎王说我一生无大罪恶，念儿子至孝再赐予我十二年阳寿。"几天后，母亲的病完全康复了。

钟书生考上了进士，便去济南感谢道士。道士告诉他："你前世向狗投石时误打死一只青蛙而本该夭亡，但你的孝行感动了神明，救灾的星宿会匡助你。今后如遇危难，记住往东南方跑。"

一年后，钟书生去江西时路过一个村庄，见许多人在看戏便也停下来看。忽然，一只驴朝书生冲来，钟书生骑在骡子上扬鞭打驴，驴受惊猛跑后将附近王府的小公子撞入河里。许多人来抓书生，他骑骡奔逃，不觉想起道士的话，遂向东南方急驰。

钟书生跑了二十多里进了一个山村，碰到了一位老人，他进了老人的家并说明了实情。第二天，得知官府正在通缉肇事者，而且藏匿者同罪。老人思索半天，想出个办法，对他说："我姐姐去世了，姐夫在山里当和尚，他们的女儿由我抚养。我姐夫的法术很神奇，你若娶他女儿，岳父会助你躲过灾难。如何?"钟书生十分乐意，满口应承。

钟书生跟姑娘结了婚，新娘子很标致。然后，钟书生把自己的遭遇告诉了新媳妇。第二天，夫妻俩一起上山去求老和尚。山路屈曲盘绕，两人跌跌撞撞走到寺庙山门，相互搀扶着进了庙，见了老和尚，双双跪倒在地。新媳妇拜了拜父亲，说是跟女婿一起来的。

过了许久，老和尚问："骡子牵来了吗?"女儿说："没有。"老和尚说："你们俩快回去把骡子牵来。"二人又拜了拜老和尚，下山回家把骡子牵来送到了庙里。

过了些天，传来消息说肇事的罪犯已经被抓住处决了，夫妻俩庆幸终于躲过灾难。不久，庙里派人将一节竹子交给钟书生，告诉他："代替你伏法的就是这位竹君。"并嘱咐他郑重地将竹子埋葬予以祭奠，以解除竹子的冤枉。钟书生细看竹子，断的地方留有血迹，于是向上苍祷告并埋葬了竹子。随后，夫妻俩离开这里回到了钟书生的故乡。

钟书生是个孝子，他宁肯放弃参加关涉自己前途命运的科举考试，也要回家见母亲最后一面，而这种至孝的举动感动了道士。

他一贯的孝行也感动了神明，不仅让他母亲康复，而且还延长了十二年寿命。

此后，钟书生在山里遇到难事，以及娶妻、和尚相助等都是道士预知的。他给钟书生隐约透露了信息，还特意叮嘱钟书生遇到危难时“往东南方跑”，并获得了一位老人的帮助。

孝行永远受人尊敬。行孝者，必得他人帮衬。

孝道是中华民族优良的传统道德。孝敬父母，在古人看来是很自然的事情。清代人写的《弟子规》里说：“父母呼，应勿缓；父母命，行勿懒；父母教，须敬听；父母责，须顺承。”这里虽然没有用一个“孝”字，却处处体现出“孝”的思想。

在许多古典文学名著中，基本上都有“孝”的呈现。例如《水浒传》中的李逵，在梁山上喝大碗酒、吃大块肉、大秤分金银的时候，心里却不安起来，于是请求回家把老母接来，这就是“孝”的意识的体现。元代的关汉卿写的《窦娥冤》展现了一个惊心动魄的人间惨剧，故事极为感人。窦娥为了使自己的婆婆免受毒打，忍受着剧痛、屈辱和不公，含冤招认，无辜受罪，而她不得已的行为透露出了强烈的孝心。更让人动容的是，窦娥赴刑场时，请求绕道走后街而不走前街，以免婆婆看见自己受刑的样子而伤心。一片孝心，至诚至真。

在当代社会中，孝道依然是全社会必须遵守的道德规范。既然是一种道德规范，就跟其他道德规范一样需要教育。而对下一代一味溺爱，并忽视孝道教育，是导致“啃老”“忘老”劣行屡屡发生的根本原因。如果从小重视孝道教育，潜移默化，必会改观。

在学习上，有教育必有收获，而在道德上也是一样。

30.《钱卜巫》
——不贪，才有福

夏商是河北人。他的父亲是个财主，生性奢侈，吃包子光吃馅儿不吃皮儿，把皮儿扔掉，到了晚年便穷困潦倒。他临终前告诫夏商："我平时暴殄天物，以致冻饿而死。你要珍惜福分，踏实干活儿，弥补我的过失。"

夏商谨遵父亲遗训，为人诚实，自食其力，受到村里人尊敬。

有位富翁借给他本钱让他学做生意，夏商却不善于经营赔了本儿，便想去富翁家干活儿抵消贷款，但富翁不同意。夏商只好卖掉一些田产来抵债，富翁把他卖掉的田产又买回来送给他，而且对他更为赞赏、信任了。富翁让他跟一位商人同做生意，赚了钱并买了很多货物。不料，运货的船遇大风浪几乎翻船，剩下的钱物刚好抵得上本钱。从此，他再不做生意了。

有个会巫术的老太太靠铜钱来算卦，她让夏商把一百枚铜钱放在木筒中摇了摇，再把钱倒在桌子上。她判断吉凶的标准是：有字的一面是凶，背面是吉。她数了五十八枚铜钱，向上的一面都是"字"，而从第五十九枚开始变为背面朝上。巫婆告诉夏商，他五十八岁以前运气都不会太好，这是承受先人的运气，而五十八岁以后是自己的运气，比较好。她还具体点出，快到五十八岁的时候运气会略有好转，等到了五十九岁会得到许多金钱。

夏商到五十三岁那年碰上旱灾，他种的荞麦、豆类都枯死了，只有秋天种的谷子存活了下来，而且长得还不错。第二年春天，夏商家没挨饿。这年他还做了点小生意赚了些小钱，有人劝他做大买卖，他没做。

快到五十八岁的时候，夏商修理院墙时发现一个铁瓮，里面有一千多两银子。邻居知道他挖出了银子非常嫉妒，于是报告了县官。贪心的县官来要夏商的银子，夏商妻子要留下一半，而夏商说："如果不是咱们该得的，留下的一半也是祸根。"于是，夏商便把银子全部交了出去。狡猾的县官把铁瓮也要去，银子刚好把铁瓮装满，县官这才罢休。

不久，县官升迁到了南昌。一年后，夏商到南昌做生意。这时县官死了，他的家属变卖家中物品。夏商觉得其中的桐油便宜，便都买了回来。到家后，发现有个油篓漏油，只好把桐油倒出，忽然发现篓底有两锭银子。一检查，每个油篓都有，数量跟挖出时正好相同。

夏商这次真正富裕起来了，但他帮助穷人时也毫不吝啬。妻子劝他给子孙留些遗产，他说："这其实就是给子孙留遗产。"当初告发他的邻居沦为了乞丐，想求助于他又难以启齿，夏商主动帮衬他，直把那人感动得落泪。

夏商活了八十岁，子孙继承了他的产业，好几代都兴盛不衰。

县官跟夏商要他挖出的银子时，妻子建议留下一半，夏商则说："若不该得，留下是祸根。"这充分表现出夏商不贪的心态。

夏商做了多次生意都不大成功，他知道自己不是这方面的人才，也就不再勉强去做，也不为赚钱的欲望所左右。即使后来做生意有小赚，他也没听别人的劝告去做一回“大买卖”。这种不贪的心态让他躲避了可能触的“大霉头”。

夏商得了千两白银后，慷慨解囊，救助穷人，而妻子觉得他做得有些过分，劝他多给后代留些，夏商说：“这其实就是给子孙留遗产。”这句话颇有深意：一方面，匡助弱者，广施恩德，给子孙留下了极好的人脉和生存空间，是一种无形的遗产；另一方面，自己的作为给后人留下了做人的榜样，后代学习这样的做派而不贪心，同样会与人和谐相处，平平安安地生活。如今，不少富人把钱留给儿女使之成为“富二代”，但是却往往忽视了精神遗产。其实，真正让后代平安幸福的是精神遗产。

不贪心就会心态平和，内心才会不焦灼、不忧愁，然后才能坦荡地生活。因此，不论对古代还是对现代的人来说，只有不贪心才有幸福感。

不贪心者，也不会因为贪心太大而招灾惹祸，甚至锒铛入狱。贪心和不贪心，往往只有一步之遥。有时候，在贪心的驱使下往前迈一步，可能就会跌入灾祸或不幸，而反之像夏商这样事事不贪心就不会引火烧身。

《东周列国志》第一百零五回里，有这样一段话：

尉缭曰：“王（指秦王）若患伐赵无名，请先加兵于魏。赵王有宠臣郭开者，贪得无厌，臣遣弟子王敖往说魏王，使赂郭开而请救于赵王。赵必出兵，吾因以为赵罪，移兵击之。”

从这段话可以看出，郭开因为贪心被秦国暗中利用，而贪心的郭开不会想到：当他受贿之时，敌国大军会兵临城下。

碰到攫取不义之财的“机遇”，喜上眉梢者不知道眼前其实是深深的陷阱，而贪心者上钩时自己往往浑然不觉。

31.《采薇翁》

——从大处看人，方避免误判

有个肥胖的男子来到军营外面求见刘主帅。刘主帅请他进来，两人攀谈融洽，主帅很是高兴。男子自称叫“采薇翁”，刘主帅把他留下当军师。

刘主帅赠他一把刀，采薇翁说：“自己有兵器，不用刀枪之类。”他介绍说自己的兵器在肚子里，一使劲肚脐眼就冒出一把利剑。刘主帅很惊讶，问：“你的兵器就是这把剑?”采薇翁笑着指指自己的肚子，说：“这是兵器库，里头什么没有?”他从肚脐取出一把弓，还不停地出来一支支箭。他把剑插入肚脐，所有的兵器都不见了。

刘主帅亲眼看见采薇翁的神奇本事，十分尊敬他，然后两人同吃同住。

这支队伍军纪不严，不时发生抢掠百姓的事件。采薇翁对刘主帅说：“军队贵在纪律严明。现在咱们虽然有几万兵马，但纪律涣散、不听号令，甚至还有人敢胡作非为，倘若震慑不住，无疑将自取灭亡啊!”

刘主帅极为赞同采薇翁的意见，于是认真加以整肃：凡是抢掠财物或强抢民女的，一律处以死刑，并斩首示众。这么一来，部队的纪律性渐渐地加强了。但是，仍有少数胆大妄为、以身试法的人满不在乎，恣意胡为。

采薇翁有时骑马巡行于各部队驻地，当他走过之后，那些部队里的不法将领和胡作非为的士兵立即掉了脑袋，一命呜呼。

许多人怀疑是采薇翁干的。此前，采薇翁提出整顿军纪的主张，已经使得不少官兵又恨又怕，如今再出现这样骇异的情景，怨恨的情绪就更多了。于是，各部队长官都向刘主帅抹黑采薇翁，他们说："采薇翁那一套东西都是妖术，自古以来的名将都是以智谋取胜，没听说用妖术取胜的，而那些耍弄妖术的人最后都完蛋了。如今，一些无辜的将士，不明不白掉了脑袋，部队上下群情激愤。将军您跟他住在一起是很危险的，不如早点将其除掉。"

刘主帅听从了这些军官的意见，准备趁采薇翁熟睡时杀之，便派人去察看采薇翁，发现他正露着肚皮酣睡，而且鼾声如雷，于是众人大喜。军官们派兵包围了他的住处，有两人持刀进去，砍下了采薇翁的头。但是，刀刚离开，头又长上了，采薇翁鼾声依旧。又砍他的肚子，肚子破了，但没出血，而里面的兵器露了出来。有人远远地用枪拨弄了一下兵器，里面的弩连连发射并射中了好几个人。众人惊慌失措，四散逃走。

人们禀告了刘主帅，他急忙去看，而采薇翁已经不见了。

刘主帅初次见到采薇翁，跟他聊了一阵子，两人谈得很投机。显然，采薇翁懂得带兵之道，而且颇有见地。因此他得到刘主帅的赏识，刘主帅立即决定将他聘为"参谋长"，而且与之同吃同住。不言而喻的是采薇翁得到了最高的礼遇和最大的器重。

在实际工作中，采薇翁对军队纪律松弛提出了严肃批评，并把这种军纪涣散的问题提到一个军队生死存亡的高度来看待。这表明，采薇翁有思想、有眼光、有能力，是个好军师，而且抓部队管理也能抓到关键点上。对此，刘主帅是非常清楚的，因此他完全采纳了采薇翁的建议：大力整饬纪律，坚决严惩破坏军纪的蠹虫。

采薇翁有些特殊技能，在一般人的眼里，这些技能是“邪门”、是“妖术”。某些官兵本来就对整顿纪律心怀不满，有的军官早就对采薇翁受到重用心怀嫉妒，因此这些人一拍即合地抱团儿攻讦采薇翁的“诡异法术”。

在这些人煽动性的“一排排炮弹”面前，刘主帅一时昏了头，并听信谗言同意诛戮采薇翁，但身手非凡的采薇翁岂是士卒能杀害的？

于是，对部队整顿功劳显赫的采薇翁只好不辞而别，悄然隐去。

部队失去了一位明事理、有见识的好军师，胡作非为的歪风邪气占了上风，这支军队走向没落的命运已经注定了。

问题的关键在刘主帅。虽然底下的人吵吵嚷嚷，但刘主帅应当心中有数，牢牢把舵。首先，他应当知道整顿纪律是非常重要的，是必须坚持的；其次，也应当清楚整顿纪律必然会带来一些人的不满，因此必须坚定不移地继续支持采薇翁的整治工作，同时对闹事军官宜予以劝解甚至惩戒。

更为重要的是，刘主帅不应轻易怀疑采薇翁，因为采薇翁来到军营后没有做任何不当之举，也没有尸位素餐“不作为”，而是“抓大事”“一心扑在工作上”。他不仅给主帅提出建议，还亲自“下部队”惩办军中败类。他也没有伤害一个清白的人，不放过的也是那些敢于“顶风作案”的不逞之徒。可以说，这是大快人心的好事，是“部队建设”迈上新台阶的起点。

但是，刘主帅没从大的方面来看事情、看人，而是听偏听偏信，眼光囿于“怪异技能”的局部问题，对采薇翁作出了重大误判，而这一误判使得他失去了一位得力助手。

从大处看人，方免误判。公司用人，主要看业务能力，编辑部聘任编辑，主要看编辑能力。从大处着眼，就能任用得当人选，使事业蒸蒸日上。

汉武帝开创了西汉王朝的鼎盛时期，是一个有雄才大略的帝王。他在《武帝求茂才异等诏》中说：“盖有非常之功，必待非常之人，故马或奔踶而致千里，士或有负俗之累而立功名。夫泛驾之马，跅弛之士，亦在御之而已。其令州郡察吏民有茂材异等可为将相及使绝国者。”意思是说，要建立不同一般的事业，必须依靠特殊的人才。有的马奔跑踢人，却能行千里；有的人受到世俗讥讽，却能建立功名。这些不受驾驭的马和放纵不羁的人，只不过在于如何驾驭他们罢了。我命令：各州各郡要发现官吏和百姓中那些有超群出众才能的人，优秀的可担任将相以及出使远方的使者。

从这些话我们可以看出汉武帝的用人之道。“负俗之累”是指“被世人所讥笑议论”，“跅弛之士”是指“不受礼俗约束的人”，而他们只要能建立功勋，对国家作出贡献，一些细枝末节就不必追究了。识人追究细节，必看不清主流。若刘主帅懂得这个用人的道理，就不会放弃采薇翁，他的军队也就得以避免衰落了。

32.《顾生》

——一生时光，不过是说句话的工夫

顾先生住在一家旅店中，他得了眼病，疼得厉害。十几天后，他感觉好点了，但是奇怪的是刚一合眼就看见一座大宅院，里面有四五套院子，院内人来人往的。

有一天上午，他在旅店的床上迷迷糊糊睡着了，觉得自己好像来到了那座宅子，然后进了三道门以后看到了一个大厅，而屋里都是幼儿，坐着的、躺着的、爬着的不计其数。

这时，有人对他说，公子请他进去。于是，他来到了一座大殿堂的台阶下，殿堂前有九根大柱子。顾先生走了进去，见里面坐满了客人，一位少年公子坐在中央。公子请顾先生入座，随后宴会开始了，人们边饮酒边欣赏鼓乐，接着还演出了叫《华封祝》的戏。

刚演了三折，顾先生住的旅店的老板和伙计叫他吃午饭，他们在他床头不停地叫，他听得很清楚。顾先生怕打扰公子，就假称换衣服出来了。抬头一看日头，知道正是中午，见伙计站在床前，他知道自己仍在店中。

顾先生让伙计关上门出去，自己则闭上眼睛躺在床上，又回到了刚才那个宅院。他按照原先的路走进去，但原先的大厅里孩子都没了，只有几十个弯腰驼背的老太婆。一个老人家看见顾先生，说："这是谁家的孩子啊?"顾先生不敢答话，急忙向后院走。进了那座殿堂，他还是坐在原先的位子上，扭头一看公子竟然长出了一尺多长的胡须。公子笑问顾先生："你上哪儿去了？戏已经演到第七折了。"说着便派人拿大杯罚顾先生喝酒。过了会儿，公子又让顾先生点戏，于是他点了出《彭祖娶妇》。有人给顾先生斟酒，顾先生说自己有眼病不能多饮。公子听见了，请太医给顾先生看眼睛。大夫给他上了点药膏，嘱咐他闭上眼睛休息会儿。他进了个套间，躺下了，很快睡着了。

顾先生忽然听见锣声，以为戏还没唱完。睁眼一看，原来是旅店里的狗舔锅里东西发出的声响。这时，他感觉自己的眼睛完全好了，再闭上眼却什么景象都不出现了。

这个故事虽然简单，但却向读者提出了一个警示。

顾先生到梦中的宅院去了两次，而这个宅子带四五个套院，象征着社会生活里阶层和人群的多样性。

两个梦境之间相隔的时间非常短暂，不过是说了一两句话的工夫。顾先生只是跟旅店伙计说了一句"你先出去，把门关上"之类的话，随后他立即闭上眼睛重新进入了梦境。就在这短促的半分钟不到的时间之后，当顾先生重新踏入梦乡里的院落时，一切都发生了让人心惊肉跳的变化。

原来那一群爬来爬去的幼儿已变成了白发苍苍的老太婆，而风度翩翩的少年公子已变成了胡子一尺多长的老翁！

读完这个故事，人们不禁会嗟叹唏嘘，感慨时光流逝之快。

这个"小小说"用短暂时间内人物形象的巨大变化，警示人们光阴似箭。

一个人在少年儿童时代，不易感觉到光阴似箭。中老年之后，特别是到了晚年，都会非常强烈地感受到光阴之速。如果人们在青少年时代，就能深刻领悟这个故事所阐释的道理，或许就能更好地珍惜时光，努力学习而不虚度光阴了。

唐代诗人李白有篇文章叫《春夜宴桃李园序》，里面说："浮生若梦，为欢几何？古人秉烛夜游，良有以也。"意思是，漂浮不定的人生像梦幻一样，欢乐的日子能有多少？因此古代的人手持火把或蜡烛在美好的夜景中游乐，的确是有道理的。

欢乐的时候，人们更容易感觉到日月如梭，觉得时间过得特别快，故而去"秉烛夜游"以延长欢乐的时间。

其实，在其他活动中，时间的脚步照样没有丝毫停歇。朱自清在《匆匆》中说："洗手的时候，日子从水盆里过去；吃饭的时候，日子从饭碗里过去；默默时，便从凝然的双眼前过去。"而在这种时候，人们往往没特别感觉到时间的消逝。因此，在生活、工作、学习中抓紧时间，是一件应当时时提醒自己的事情。有事业心的人总是善于抓紧时间，总是在长假未完便已经开始思谋学习或工作了。

传说中太阳里有乌鸦，月亮里有兔子，古人有时用"乌鸦"代表太阳，用"兔子"代表月亮。"乌飞兔走"指日月运行，而人们则常用"乌飞兔走"来形容时光飞快流逝，所以勤劳的人每天都在追赶"乌鸦"和"兔子"。

33.《佟客》
——收弟子的首要条件是道德标准

董书生很喜欢剑术，认为自己剑术了得。

他遇到一位先生，交谈之间觉得对方性格豪爽。那人自说姓“佟”，在外二十余载。董书生问他可曾见过“异人”（也就是不寻常的人），又说自己特希望碰上异人给自己传授剑术。佟先生说：“其实异人什么地方都有，但是剑术只能传授给忠臣孝子。”

董书生说自己就是忠臣孝子，而且他还拔出佩剑慷慨高歌，不时砍断路边小树以显示剑的锋利。佟先生抽出一尺多长的短剑，用它轻轻一削便把董书生的剑削断了，就好像削瓜果一样。董书生大吃一惊，邀请佟先生到家里做客并大侃剑术。佟先生只是静静地听着，微笑而不语。

深夜时分，忽然听到临院人声嘈杂，而董书生父亲住在那儿。他忙细听，只听有人厉声喝道：“叫你儿子出来，就饶了你！”接着是鞭子的抽打声和父亲的呻吟声。董书生手持武器想冲出去，但佟先生说：“强盗是冲着你来的，去了很危险，应该先向妻子交代后事。”董书生跟妻子一说，妻子拉着他的衣服哭哭啼啼，董书生一下子没了勇气，也不敢去救父亲了。然后，他跟佟先生一块儿上楼去寻找弓箭，以防强盗进攻，但找了半天却没找到。

这时，佟先生说："强盗走了。"果然，临院没了动静。董书生想跟佟先生聊几句，一回头却不见佟先生了。

董书生开门去临院，刚出来却看见有人打着灯笼走过来，等走近了一看却是自己的父亲。原来，老人家是赴朋友宴会去了，刚回来。

董书生这时才醒悟，佟先生就是异人。

董书生一心想学习剑术。当他见到佟先生后，一直打听对方是否见过"异人"，并说自己非常想得到异人指点以提高剑术。虽然这也是无可厚非的，但是董书生在跟佟先生谈话时却不提习剑者应有的品德和意志。其实，这才是剑客应当具备的素质，而这往往比击剑技艺更难得更可贵。

董书生在父亲"遇险"时，不是不想救父亲，他一开始手持武器想冲过去，但是经不起朋友劝说，更经不起妻子阻拦，最终眼睁睁看着父亲受强盗鞭打、威胁而没有出手相救。由于他在危险关头没有经受住"道德关"的考验，因此佟先生决定不收他为弟子。

佟先生是一位神奇的剑客，本领非凡，但他提出的收徒条件却不是技术方面的，而是道德方面的。他表示自己只教"忠臣孝子"，而只有符合这个条件才能成为他的徒弟，也才能掌握他那非凡的剑术。

佟先生导演的"情景剧"是个"测试剧"。董书生的父亲根本没有面临强盗威胁。临院的紧张场面完全是佟先生一手制造出来的假象，他的目的是试试董先生的孝心究竟有多大。为此，佟先生还假装劝阻董书生不去救父亲，可见其"重德"的力度有多么大。

《史记》中记载，汉代初期的政治家、军事家张良有一次过桥，一位老人让他帮着捡掉到桥下的鞋，张良捡了上来。老人又让他给穿鞋，他做了。通过这样两次“测试”，老人看出张良是个有德之人，于是决定将珍贵的《太公兵法》送给他，而道德标准就是老人授予奇书的唯一标准。因为道德标准当先，弟子的素质才有保证。

陈云同志论述选拔任用干部的标准时，曾提出“德才并重，以德为主”。这种“以德为先”的理念，不仅是选拔干部的标准，也是选拔技艺传承者以及担当重任者的标准。同时，“以德为先”更是一道坚固可靠的屏障。

34.《绩女》

——失信于朋友，便失去了朋友

一位老寡妇深夜纺线，忽然有个年轻漂亮的姑娘推门进来。姑娘说，怕老人家孤单特来陪伴的，而自己也是一个人过，这样跟老太太做伴儿，两人都不寂寞了。说着，她便替老太婆纺起线来。

姑娘自带被褥，跟老太太睡在一张床上。晚上，姑娘告诉老太太自己是仙女，只要出去不跟别人乱说，保证她衣食无忧。

每天，两人一起劳动，相处十分融洽。姑娘纺出的线又细又亮，织出的布如同锦缎，卖的价格比平时多三倍。

老太太每次出去都从外面锁好门，有人来找她则在别的屋里会面。同时，老太太出去也从不跟别人提及此事。半年过去了，没人晓得老太太家里的姑娘。

但时间一长，老太太的嘴憋不住了，渐渐把姑娘的事情透露给亲戚朋友。姑娘知道后说："你说话不谨慎，我的事情透露出去我在这儿就待不长了。"老太太很后悔自己失言。许多人通过老太太想见见姑娘。姑娘对老太太说："你的姐妹见见也没关系，只怕有不正派的人来，我会受到侮辱。"一些老太婆、年轻姑娘拿着香烛来拜见，嘴里还不停地祈祷，姑娘只是默默坐着。不过，老太婆一律拒绝青年男子的求见。

有位姓费的书生变卖了家当，花重金买通了老太太要见姑娘。姑娘对老太太说："你贪图他的钱财，我感念他的痴情。可以见一面，但此后咱俩的缘分就尽了。"

姑娘隔着帘子接见费书生，问他有什么说的，费书生说："没有非分之想，只要见一下姑娘美丽的容颜就满足了。"忽然，帘子里显现出姑娘的容貌，光彩照人，像没隔着帘子一样。费书生见过姑娘后在隔壁屋子墙上题了首词，走了。

姑娘读了词，不悦。她对老太太说："我一时不慎，容貌让人看了，才受到淫词亵渎，若不赶快离开会陷入情网的。"她把衣物打包走了，转瞬间不见了。

老太太开始是信守承诺的，出去对外人不提姑娘的事儿。但后来却没有守信用，把家里姑娘的事儿告诉了外人。结果引起许多人来见姑娘，有的人像求神拜佛一样祈望得到姑娘保佑，有些男子听说姑娘漂亮便想入非非。这么一来，姑娘在这儿住不成了。费书生求见的事情是难以避免的，因此姑娘见完费书生后立即离去。

老太太如果不失信，继续守口如瓶，姑娘会长期居住在此，而她的生活也会越来越优裕。但是她没能管住自己的嘴并把消息透露了出去，导致"家有仙女"成了尽人皆知的事儿，打扰的人也接踵而至，最后姑娘只剩下卷铺盖走人一条路了。

失信于朋友，便失去了朋友。在现代社会中，时有客观情况发生变化而无法履行诺言的事，这时要特别注意及时告知朋友，而及时和不及时的效果是大不相同的。

对朋友讲诚信，是中华民族传统美德的重要内容之一。《论语》

中，孔子的学生曾子说：“吾日三省吾身：为人谋而不忠乎？与朋友交而不信乎？传不习乎？”这就是说，他每天反省自己的三件事中，就有一件，是检查自己是否对朋友做到了诚信。

元末明初的刘伯温在《郁离子》中讲述了一个因失信而丧生的故事：

有个商人过河时沉了船，便大声呼救，一位渔夫闻声赶了过来。商人高喊：“我是济阳最大的富翁，你若能救我将赠你百两黄金。”渔夫将商人救上岸后，商人却只给了渔夫十两。渔夫怪他不守信，富翁说：“你一个打渔的，一辈子也挣不了几个钱，十两金子还不满足吗?”后来，商人又在这里翻船了。有人要上前救商人，被他骗过的渔夫跟大伙儿说：“他就是那个说话不算数的人!”结果没人愿意救他，商人淹死了。失信于人者，最终害己。

35.《青蛙神》
——夫妻双方持重包容，才能巩固家庭

长江跟汉水之间，民间信奉青蛙神。

薛昆生年幼时聪明伶俐，长相俊美。他六七岁时，家里来了位穿青衣的老妇人，自称是青蛙神使者，并愿将女儿嫁给昆生。昆生父亲说孩子还小，没答应。

昆生长大后，跟姜家订了婚。青蛙神设法告诉姜家："昆生是我女婿，你家怎么能跟他亲近?"姜家害怕，退了聘礼。

昆生有一次在路上走，有人跟他说青蛙神邀请他。昆生便跟着此人进了朱漆大门，只见厅堂上坐着个七八十岁的老人。老者令人通报"薛郎来了"，几个丫鬟便跑了进去。一会儿，老妇人带出一个姑娘，容貌艳丽，绝世无双。老汉告诉他，这是他的女儿，叫"十娘"。昆生很喜欢，却不好意思出口。老妇人说，知道昆生愿意，会将十娘送去的。

十娘被送到薛家拜见了公婆，昆生父母都很喜欢她。当晚举行了婚礼，小两口感情融洽。在青蛙神的庇佑下，薛家日渐兴旺。

婚后，家里青蛙多。没人敢说什么。昆生年少任性，有时用脚

踩。十娘虽谦和温顺，但有时也生气，对昆生踩青蛙颇为不满。有一次夫妻口角，昆生说："男子汉大丈夫怕什么青蛙？"十娘恼火了，说："我进门之后，你家田里增产、生意兴隆、全家温饱。难道小鹰长了翅膀要啄老鹰眼睛？"昆山在气头上，说："我还嫌青蛙把家里弄脏了呢，还是请你们离开吧！"十娘一听，立马走了。

昆生父母斥责儿子，并让他追回媳妇，但昆生不去。晚上，昆生母子都病了，吃不下饭。昆生父亲赶紧向青蛙神赔罪祷告，言辞极为恳切。过了三天，两人病都好了，十娘也回来了，夫妻和好如初。

十娘不做针线，昆生衣服鞋子仍由母亲做。昆生妈妈有一次唠叨："娶媳妇了，还要劳累我这老太婆。"十娘不悦，说："我白天侍奉您吃饭，晚上侍奉您睡觉。媳妇的礼数还缺什么？我只是不会干活儿罢了，您省下给佣人的钱亲自动手是自讨苦吃。"昆生妈听了流泪。昆生得知怒斥十娘，再次将十娘赶走。

第二天，薛家失火，着了好几间房。昆生大怒，到青蛙祠堂说："女儿不侍奉公婆，没家教，您反而护短。神应该是最公正的，哪有教人怕媳妇的道理？况且是我们两口子吵架，跟父母无关，怎么乱烧房子？"

青蛙神托梦让村民帮助昆生家修建房屋，刚修好十娘便回来了。她向公婆谢罪，话语温婉，又对昆生笑了笑，全家立即冰释前嫌、和睦度日。

十娘怕蛇。有一次，昆生恶作剧故意把蛇装在盒子里骗十娘打开，十娘痛斥昆生，两人吵了起来。十娘说："这次你不用赶我，咱们一刀两断。"说完，走了。

昆生父亲气得用棍子打昆生。一年后，昆生很想念十娘，悄悄到青蛙祠堂哀求十娘回来。后来，听说已将十娘许配袁家，昆生悄悄去袁家察看，发现已开始粉刷墙壁、打扫庭院准备婚事。他又愧又气，饭也吃不下了，病了。

昆生昏迷中，听见有人说："要跟我断绝关系，又何必假惺惺装样子?"睁眼一看是十娘，高兴极了。十娘说："早已收了袁家聘礼，我不忍心离开你，亲自退了回去。父亲说我今后再受你家的气，别回家!"昆生被十娘的情义感动得流下泪来，而昆生父母都高兴地来看十娘。

此后，昆生变得老成持重，不再随意搞恶作剧了，两人的感情也更加深厚。十娘以前担心不能白头到老而不想生孩子，现在心里踏实了，生了两个男孩儿，十娘的父母此后也常来薛家。

昆生年轻气盛，虽然已经成亲，但对妻子包容不够，并随意踩踏青蛙。昆生妻子是青蛙神的女儿，家里的青蛙是十娘的亲戚朋友，而踩踏青蛙是对妻子的不尊重。同时，青蛙也象征着妻子一方的价值观。昆生完全不顾及妻子感受，随性践踏青蛙是对其亲属及价值观的蔑视。这种行为是夫妻关系的销蚀剂，自然严重伤害了对方。所以，十娘生气是很自然的。

昆生明明知道妻子怕蛇，却把蛇放在盒子里骗十娘打开。这个玩笑显然开得过了头，他只顾自己取乐却给妻子带来不悦，甚至恼怒。此时，昆生尚不老成持重。

反观十娘也有不当之处。她完全不管昆生的衣着，昆生穿戴仍由母亲操持。这显然不妥，即使自己不会做，也可以请裁缝来做，但自己应当操心。已经结婚的人，仍然让母亲管衣服、鞋子，在哪个时代都是说不过去的。十娘更为失当之处是跟婆婆吵嘴，而婆婆作为长辈说两句又有何不可呢？但十娘却反唇相讥，忘记了自己做媳妇的身份。

经过几番周折，两个人渐渐认识到自己的不足。

昆生去青蛙祠堂哀求十娘回来，十娘则向公婆谢罪。经过几次磨难，两人都变得成熟起来，昆生一家从此幸福融洽、老小和睦。

夫妻间处事宜持重，不随意挑起争端，不随意说不利于团结的话，也不开过头的玩笑。另外，不宜听到一句或者看到什么马上发怒。

夫妻间的包容是维系家庭的纽带。当发生矛盾时，如果夫妻双方都省察一下自己，龃龉就会像阳光下的冰雪一样很快消融。反之，如果都揪住对方“辫子”睚眦必报，则永无宁日。

京剧《四郎探母》中，铁镜公主包容了杨四郎探视母亲的愿望，并为其盗来出关令箭；而许广平包容了鲁迅倔强的脾气，这些都为家庭稳定打下了牢固的桩基。其实，不仅夫妻之间应该如此，两代人之间也应该如此。

没有包容，就没有和睦的家庭。

36.《金姑父》
——压抑人性适得其反

梅姑没过门儿，未婚夫就亡故了。梅姑立誓不嫁，活到三十岁也去世了。于是，同族人修建了“梅姑祠”来表彰她的贞洁。

金书生赶考路过梅姑祠，进去看了看，不觉想入非非。他晚上梦见有个丫鬟找他，让他去见梅姑，他便跟着丫鬟去了。

到了梅姑祠，梅姑已经站在屋檐下等他。梅姑笑道：“你对我的情感，我已经知道了。如若不嫌弃我丑陋、笨拙，我愿以身相许。”金书生连声答应。梅姑告诉他：“你先回去，等你的位置安排好了我去接你。”金书生梦醒之后，不禁有些紧张。

当晚，全村人梦见梅姑说：“金书生现在是我的丈夫，你们应该给他塑个像。”族长担心塑像会玷污梅姑的贞洁，于是就没塑。

没过多久，族长全家都患了重病。族长害怕了，就在梅姑像的旁边塑了一尊金书生的像。

塑像完工那天，金书生忽然对妻子说：“梅姑来接我了。”说着，穿上好衣服便死了。

金书生的媳妇痛恨梅姑，连夜赶到梅姑祠指着梅姑像破口大骂，说了许多不堪入耳的话，还登上神座用力抽了梅姑像好几个大嘴巴才愤愤离去。后来，当地人称金书生为“金姑父”。

人们读完这个故事会引发一些感触，例如：

非分之想，有时也会带来麻烦，而金书生的“意淫”带给他家庭的却是毁灭性的伤害。

梅姑立誓是一种承诺，但最终还是出嫁了，看来不应随便承诺难以做到的事情。

梅姑立誓终身不嫁，结果还是嫁了，惹人嘲笑。

…………

不过，我们可以获得更深层次的启示——人性的力量往往超乎想象，是难以压制的。

梅姑的未婚夫死了，她很悲伤，受“从一而终”的封建理念束缚，她立誓终身不嫁。梅姑三十岁殒命，而她的离世或许跟自己立下誓言后心灵受到压抑有关，但人性却又是压抑不住的。

享受人间祭祀的灵魂，终于耐不住寂寞高兴地嫁人了。为此，她让村民塑一个丈夫的像陪伴在自己塑像身旁。联想到当初梅姑信誓旦旦地表示终身不嫁的样子，“积极出嫁”的举动着实让人发笑。

梅姑在起誓后的岁月里，内心世界是凄苦的。伉俪之情是别的情感无法取代的，而追求琴瑟和鸣是正常人性的体现。族人给她修建的表彰贞洁的祠堂其实是个思想樊笼，是禁锢人性的铁网。梅姑嫁人，实际上是冲破了这个祠堂的精神枷锁。

《红楼梦》中的李纨青春丧偶，然后被套上了沉重的思想锁链。虽然她跟周围的人相处融洽，被称为“大菩萨”“第一个善德人”，跟姐妹们在大观园起诗社，并诗兴勃发、谈笑自如。但是，夜晚独处时内心仍然是凄凉悲苦的。梅姑如果像李纨一样生活在人间，恐怕跟李纨一样会被冷酷的观念葬送一生。梅姑“成仙”后敢于出嫁，既是幸运的也是勇敢的。

话剧《蔡文姬》中曹操问蔡文姬：“他（左贤王）不肯放你的儿女回来，作了种种的刁难，对于我派遣去的使臣也加以监视，这些可也是事实吗?”蔡文姬承认是事实，她以为曹操这时会怒斥左贤王无礼。出乎意料，曹操说：“人各爱其妻子、儿女，这种事在左贤王我倒认为是不足奇怪的。”这句话充分体现出曹操这一人物对人性的认知和肯定。剧中多处表现了曹操对人性的认同，为树立曹操的正面形象起到了至关重要的作用。

对人性宜顺势而为，适当引导。人性其实就是人和人之间的各种情怀，即亲人、朋友、同事之间的情怀，而压抑人性则适得其反。

37.《白秋练》
——不同类共处，须耐心磨合

书生蟾宫自幼喜欢读书，他父亲认为读书迂腐，便让他学经商。于是，他在船上闲暇时便吟诗读书。到武昌后，父亲外出办事，他在旅店吟诗，而窗外似乎有人偷听。

次日晚上父亲赴宴，蟾宫在屋里吟诗。窗外有人影，出来一看是个美丽的姑娘，但姑娘看见他便躲开了。

几天后，他们装好货物北上。晚上，船停泊在岸边，父亲外出了。忽然，一位老妇人上船说："你害死我女儿了！"妇人告诉他，女儿叫"白秋练"，听过你吟诗后就不能忘怀了。老妇想让两人结亲，蟾宫虽然喜欢女孩儿，但担心父亲责怪，便以实相告。老妇不信，想让他订下婚约，蟾宫不敢。老妇不悦，说："有的上门来求亲还求不到，我亲自来还不答应，真丢脸！你们的船就别想返回。"

蟾宫跟父亲说了，父亲没答应。船搁浅了，父亲暂回北方办理事务。晚上，老妇人将女孩儿送来跟蟾宫相见，自己则走了。白秋练虽在病中，但依然姣美动人。他问了几句，女孩儿只是嫣然一笑。后来，她说念三遍"罗衣叶叶"的诗句病就能好。蟾宫念了两遍，她的病就好了，当晚两人便同床而眠。此后女孩儿住在船上，两人互相爱慕，海誓山盟。

蟾宫父亲回来之前，女孩儿走了。蟾宫告诉父亲真情，父亲斥责他一顿。此后，父亲外出时，女孩儿就来相会。

蟾宫跟父亲返回北方，却因思念秋练成疾，父亲只好带他南下寻找秋练。蟾宫父亲在一条船上找到秋练母女，希望秋练去看望儿子。秋练来到蟾宫船上给他吟诵古诗，蟾宫的病马上好了。蟾宫父亲判断秋练是船家女儿，还是不同意婚事。秋练让蟾宫告诉父亲什么货物会得到多少利润，蟾宫父亲试验了一下很应验，便同意成亲并一起回到北方，然后他们在一条租来的船上举行了婚礼。

办完喜事，秋练交给蟾宫父亲一张货单让他南行采购，而贩回的货物销售后盈利五倍。秋练还让带回一坛湖水，吃饭时像放佐料一样放一点儿。此后，蟾宫父亲每次南行经商，都带来几坛湖水。

三四年后，秋练生了个儿子。秋练想家，蟾宫和父亲跟秋练一起来到湖北。蟾宫看见有人捕获一条白鱼，买来放生了。

秋练告诉蟾宫，那条白鱼是自己母亲，原先在洞庭湖管来往船只。龙王将秋练选为妃子，母亲说已嫁蟾宫而不同意，便被龙王流放到了南湖。蟾宫按照秋练所说，请求一位道士在绸子上写了个“免”字，秋练母亲被赦免了。随后，夫妻俩回到了北方。

蟾宫父亲又去南方经商，数月后，家里湖水用光。秋练得了重病，告诉蟾宫自己若病死不要埋葬，只要每天在三个特定的时辰朗诵杜甫的《梦李白》，尸体就不会腐烂。等湖水来了，倒在盆里并把她也放进盆中就会复生。蟾宫按照秋练说的去做，秋练果然苏醒过来。蟾宫父亲去世后，夫妻俩便迁居到了湖北。

蟾宫跟秋练的结合颇不顺利。

秋练母亲来说亲，蟾宫不敢应承，继之父亲又不同意，此后他只能跟秋练暗中来往。后来蟾宫因相思而病，父亲虽带他南下找到秋练，但父亲以为秋练是船家女儿而仍不同意。秋练拿出“绝活儿”告诉蟾宫家，什么货物能卖好价钱什么货物利微，经过试验都应验了。蟾宫父亲是个商人，看到结亲确实有利可图，这才依允婚事。

婚后，蟾宫和秋练的日子也过得不顺溜。先是一块儿到南方去找秋练母亲，好不容易将其救下。随后，由于秋练“佐餐”的湖水接济不上，身患重病，生命垂危。蟾宫按照秋练说的办法一步步去做，秋练才得以重生。此后，夫妻俩移居湖北。至此，终于过上了安稳踏实的日子。

婚前婚后的一系列挫折，都源于两人的“不同类”。秋练是白鱼变的，她怕蟾宫拒绝自己而一直不敢说出真实身份，这就导致了许多挫折、误解和猜疑。设若蟾宫找了一位商家女儿，而秋练嫁给水族子弟，便不会有这些沟沟坎坎了。

不同类的人要共同生活，难免遭遇许多周折、磨难。只有经历了这些周折和磨难，克服了诸多磕磕绊绊的阻碍，消除了彼此的误解，互相了解了对方的秉性，方能走上平安度日的坦途。

不同类的朋友也是如此。《红楼梦》中的黛玉“孤高自许，目无下尘”，而宝钗则随和稳重，两人性格不同，可以说是不同类的人。在经历许多误会、猜疑之后，她们终于慢慢互相明白了对方的心迹。宝钗送燕窝给黛玉，黛玉则感谢宝钗劝自己“勿读杂书”，也倾诉了对宝钗的羡慕。两人的关系在历经风雨后，终于和谐而亲密了。

同样，不同类的人合作共事，须耐心磨合。在现代生活中，工作人员变化频繁，不论是自己跳槽还是身边人员调换都有相处的问题，而这些人常常跟自己在性格、爱好、学养等方面不同类。因此，跟不同类的人相处，就成了现代白领每天必须面对的课题。细心观察，像蟾宫跟秋练一样耐心磨合才是共处之道。

38.《晚霞》
——有死里求生的勇气，方有好前景

镇江少年蒋阿端善于在龙舟上做各种各样奇巧的动作，后来从龙舟上落水而死。阿端死后，有两个人领着他往前走，一会儿看见了一座宫殿，那两人让阿端给坐在殿上的龙窝君行礼。阿端被编入表演技艺的柳条部，这个部都是十来岁的少年。一个老妇人是教练，教阿端跳舞、演奏乐器，阿端学得很快，老妇人甚为赞赏。

第二天，龙窝君考查各部的表演技艺。燕子部跳了“天女散花”，舞姿轻盈。阿端很喜欢燕子部里一个女孩儿，一问才知道叫“晚霞”。

柳条部表演时，阿端跳得紧扣节拍并富有变化，受到了龙窝君夸奖。阿端表演完，站在队伍中远远地望着晚霞，晚霞也远远地注视着他。两人都跟随着自己的表演队伍往前走，趁走得接近时晚霞给阿端丢下一支珊瑚钗，阿端急忙拾起放入袖中。

阿端回去后，思念晚霞得病。忽然来了一个男童，把他带到一片几十亩的荷叶地里，那里的荷叶像席子一样大，荷花像一把大伞。一会儿晚霞来了，他们互诉着相思，然后在荷花的遮蔽下两人亲热地睡在了一起。此后，两人每晚便在这儿会面。

龙窝君带表演队给吴江王祝寿，晚霞被吴江王留下教舞蹈。阿端日日思念，却无法见面。

一天，老妇人告诉阿端，晚霞投江自杀了。阿端大为惊骇，也想投江跟晚霞一起死，但江水像墙壁一样进不去。他攀上一棵大树往下一跳，却还是漂浮在水面上。此时，他忽然发现这里是人世间，便奋力游到了岸边。他又想起了家中的老母，便往家走去。等他艰难到家后，竟意外发现母亲跟晚霞在家，他万分惊喜。

原来，晚霞在吴江王府里教舞蹈时发现自己怀孕了，担心分娩引来横祸并见不到阿端，便投江寻死，不料竟然漂浮起来到了阳间。后来，晚霞被过往的大船救起。她说镇江某地蒋家是自己婆家，船上的人替她租了条小船把她送到了阿端家。阿端母亲开始觉得晚霞搞错了，晚霞便把自己跟阿端的事情一五一十告诉了婆婆。婆婆信了她的话，看到晚霞很漂亮也很孝顺，便十分喜欢这个媳妇。晚霞拿出装饰品去卖得了许多钱，婆媳二人安然度日。婆婆见晚霞年轻，担心她不能守寡，但看她一心一意过日子，也就放心了。婆婆正忧虑将来晚霞生出孩子怎么跟邻居说，而此时阿端正好回来了。于是，全家人欣喜若狂。

阿端妈妈告诉邻居说，当初找到的不是儿子尸体，但她担心晚霞是否能把孩子生下来。不久，晚霞生了个很健康的男孩儿，婆婆才彻底放心了。

晚霞到吴江王府教舞蹈，阿端无法跟她见面。后来忽然得知晚霞投江自尽，他大为惊骇、悲痛，晚霞这样做显然是遇到了无法逾越的难关，阿端决心跟晚霞一同赴死。他勇敢地跳入江中，但却跳不进去，好像碰到墙壁一样。他爬上大树再跳，却反而漂浮起来到了阳间，并终于与晚霞相会。阿端敢于跳江，显示出他的勇气。晚霞在王府发现自己怀孕，也就是怀了阿端的孩子，而她面临吴江王府的责问又无法联络上阿端，便决心投江而死。结果，她也跟阿端一样回到了人间。

固然，他俩都是为情势所迫，不得已而自尽，但同时也表现出一种勇气。因为他们也可以选择某种苟且偷生的道路，但是两人都没有这么做，而是勇敢地一跳，只是他们都没有意识到这样做会产生死里求生的神奇效果。假若二人苟且偷生，便不会有重返人间、夫妻团圆的机会了。

《吕氏春秋》中有个“次非斩蛟”的故事：

楚国人次非得到一把宝剑便很高兴地回家。当他乘坐的渡船来到江心时，忽然游来两条蛟龙围着船打转，次非问摇船的：“你曾见过船被两条蛟龙缠住而活下来的人吗?”摇船的说：“没有。”次非表示，必须跟恶龙搏斗才有生路。然后，他纵身跃入波涛，勇敢地跟蛟龙进行了一场殊死较量，最后终于斩杀两条蛟龙回到了船上，而全船的人也因此得以幸免于难并安全抵达对岸。如果次非被两条蛟龙的威猛气势所震慑畏首畏尾，不敢主动进攻，他将跟全船的人一起坐以待毙，但是他拼死一搏的勇气却挽救了自己和全船人的性命。

《周书·李远传》中说：“丈夫岂可临难苟免，当在死中求生耳。”意思是，大丈夫如果遇到危难，岂能只顾眼前得过且过，而应当挺身而出、奋勇拼搏，在险境中通过自己的战斗来求得生存的机会。

在现实生活中，当人们遭遇到某种险恶的环境时，是临阵退缩还是奋起搏斗，常常导致不同的两种命运。当然，挺身反抗并不一定要立即采取激烈的行动，而是说处于艰难困苦的十字路口时应当有继续战斗的勇气。只要有这种勇气，即使处于极度困窘的境地也能想方设法逐步摆脱出来，然后渐渐改善处境并扭转不利的局面，甚至取得重大成绩。在农村，从事养殖业且每年收益甚为丰厚的人，在创业过程中多经历过“生死搏斗”，但一次次失败和一次次致命打击都没泯灭他们的斗志，因此他们才最终迎来峰回路转并取得成功。

有死里求生的勇气，就有时来运转的希望，如同阿端和晚霞那样。

39.《郭秀才》
——自己有绝活儿，也要看到他人的绝活儿

广东的郭秀才傍晚从朋友家回来时在山里迷了路，走进了一片树丛。

一更时，他听到远处山上有说笑声，便顺着找了过去。只见十几个人坐在地上喝酒，当他们看见郭秀才时便直接招呼他说："这儿正缺一个客人呢，你来得正好，快请入座。"

郭秀才打听回家的路，一个人笑道："月色溶溶，多欣赏会儿良宵美景吧，先别急着回家。"说着递给他一杯酒。那酒芳香扑鼻，郭秀才一饮而尽。人家又给他斟满，而郭秀才在山中走了大半天此时正口干舌燥，不觉喝下去了十杯。众人夸赞："海量，海量！真是我们的朋友啊。"

郭秀才会学鸟叫。他离席小便时，学了几声燕子叫。人们惊讶地说："半夜哪儿来的燕子？"他又学了声杜鹃叫，人们更奇怪了，摸不着头脑。郭秀才坐下后，笑而不语。大伙儿正议论纷纷，郭秀才回过头来学着鹦鹉的声音说："郭秀才喝多了，送他回家吧。"四座诧异极了，他们都不由得侧耳细听，但周围寂静、悄无声息。

这时郭秀才再次模仿鹦鹉的声音，大伙儿这才发现是他，便哈哈大笑起来。于是，你一声我一声地都学起鸟叫来，但没一个学得像。一个人叹息："可惜青娘子没来。"另一人建议："中秋节我们还在这儿聚会，郭先生一定得来啊。"郭秀才答应了。

这时，有人提议："郭先生表演了学鸟叫的绝技，咱们来个叠罗汉怎么样？"众人同意，然后都站了起来。

一个人挺身而立，另一人飞快地跳上去站直了，接着又有人跳，一共跳上去四个人。最后，太高了跳不上去了，剩下的人就往上爬，十几个人全都爬了上去，高耸入云。

郭先生正惊愕地看着，忽然十几个人直挺挺地像木柱一样倒了下来。当倒到地上时，十几个汉子全不见了，变成了一条长长的路。

郭先生沿着这条小路，很快回到家里。

郭秀才有学鸟叫的绝技，他不仅能学燕子还能学杜鹃，甚至还能学鹦鹉说人话的声音，而且惟妙惟肖的足以乱真，连那些跟郭秀才一起饮酒的仙人都分辨不出真假，一度曾被他高超的口技蒙骗。郭先生也颇为自己的技艺而陶醉，他学鹦鹉说话让仙人送他回家，虽然这是打趣，但也包含了几分卖弄的色彩。

跟郭秀才坐在一起的十几个仙人都学鸟叫，但没有一个人学得像，跟郭秀才没法比。这时候，郭秀才似乎有些得意洋洋了。

就在郭秀才为自己的绝技沾沾自喜时，有人说"可惜青娘子没来"。虽然只有短短的这么一句话，我们却立即领悟到这位青娘子一定也是一位口技高手。青娘子的口技必定也是出神入化的，而且定有令郭秀才惊叹并值得他学习的地方。

山外有山，人外有人，强中也自有强中手。《三国演义》中的华雄是一员猛将，屡立战功却被关羽轻易斩杀，而关羽虽能"过五关斩六将”，却打不败吕布。《西游记》中的孙悟空遇到的不少妖精有法力神奇的“宝贝”，但没有一个“宝贝”是任何人都奈何不了的。

接下来的事情大大出乎郭秀才预料。十几个一同饮酒的人玩起了叠罗汉，而且十几个人全都站了上去，平地立起一跟通天“人柱”。当郭秀才仰望这跟“人柱”时着实惊呆了，深为这些人的绝技所折服。

掌握某种绝技的人，不宜以手中技艺傲人，也应当看到别人同样有绝活儿。虽然口技跟叠罗汉是风马牛不相及的两种技艺，但郭秀才看到叠罗汉的技艺后似有所悟，再也不为自己的口技而沾沾自喜了，也不觉得自己有什么了不起。

只有看到他人之长，才能学习他人之长。一个人如果能看到他人长处，看到竞争对手的长处，必能进步得更快。

40.《公孙夏》
——阴间也容不下买官的人

保定有个在国子监学习的书生，想进京花钱买个县官儿，正收拾行装时病了。

一天，来了个客人，说："我叫'公孙夏'，是十一皇子的幕客。听说你想买个县官儿，买个太守不是更好吗?"书生说；"我的钱少，不敢有如此奢望。"公孙夏表示乐意帮忙，可以先交一半，剩下的到任后再交。书生很高兴。公孙夏又说："总督、巡抚都是我好友，你只要先拿出五千吊钱，这事儿就成了。真定府缺个知府，马上就可买到这个职位。"书生问："按规定，不是不能在本省做官吗?"公孙夏笑道："你也太迂腐了！只要有钱就能买官，还管什么本省不本省?"书生犹豫，不知是否靠谱。公孙夏说："实话告诉你，这是阴间城隍的一个空缺。你寿命将尽，趁早办理了到地下还能享受富贵。三天之后，我再来找你。"

书生猛然醒来，原来是梦。但他信公孙夏的话，买了上万串纸钱，把郡里的纸钱都买光了，然后将纸钱堆在院里烧，纸灰都像座小山。

三天后，公孙夏果然来了，书生把钱交给了他。公孙夏领他来到一座官署，只见一个大官坐在殿上，于是书生上前跪拜。大官问了姓名，说了些为官要清廉之类的话，便将委任状给了他。

书生大肆购买车马，还派鬼役用彩车把美妾接来，等接他的仪仗队到了才命令出发。浩浩荡荡的车马队伍有一里多长，书生得意极了。忽然前面停了下来，书生正要问，有人报告："关帝爷来了。"前头的人都下了马跪在路边，身体缩小到一尺来高，马也变得像猫那么大。最后，书生也跪下了。关帝得知他是太守，说："一个小小的太守，怎么这么威风?"于是，关帝叫他跟在马后走。

不多时来到一座大殿，关帝让他填写自己的籍贯、姓名。然而，关帝一看十分生气地说："错别字这么多，字也写得不成样子，这样的市侩小人怎么能当百姓父母官?"又让人查阅了他的德行录，关帝更生气地呵斥道："投机钻营罪小，买卖官爵罪重。"将他重责五十大板，打得皮开肉绽，然后撵出门去了。

他疼得走不动，趴在草地里休息，发现这儿离家不远，可走了一天一夜才到家。他忽然觉得像做了个梦，睁眼一看自己躺在床上，但屁股疼痛难忍。家里人说他昏昏沉沉地睡着了，已经七天了。

之后，他躺了半年，才渐渐能下地走路。

这篇故事具有强烈的讽刺意味。

买官的书生问"不是不能在本省做官吗"，公孙夏回答"只要有钱就能买官，还管什么本省不本省"，而这个回答充分表现出卖官鬻爵者的肆无忌惮。

为了贿赂阴间官员，书生烧纸钱的灰竟然堆成了小山，可见其烧钱之多。这小山一样的灰堆形象地表露出买官者的贪婪，而这样的人做了官也只能是大贪官。最后书生在阴间做了官，便立刻派彩车去接他的妾，这辛辣地讽刺了贪官多搞权色交易的丑行。

关公是民间崇敬的偶像，许多地方都有关帝庙，而故事中的关帝也是个惩治贪官的清官。而买得高官的书生的车队见了关帝全变小了，缩小到只有一尺来高，这形象地揭示了买官者的卑劣和渺小。

书生写错别字的情节则揭示买官者没有为百姓办事的真本领，所以关帝爷痛打了买官书生五十大板并将其撵出门去，这告诉人们对买官卖官者必须绳之以严刑峻法才能制约。

值得注意的是，故事里买官的是个在国子监学习的书生，以此警示读者：若贪渎之风盛行而不加制止则必泛滥成灾，同时很多人也会随波逐流。

这篇小说内容主要叙述的是买官的书生做的一个黄粱美梦，但小说始终没有交代书生的名字。而小说的篇名则叫“公孙夏”，就是小说中卖官的那个人。可见，小说讥讽的固然是买官者，但锋芒所向却是卖官者，而卖官者必是贪官。他们不仅是买官卖官的罪魁祸首，更是整个社会的蛀虫，而买卖官爵者都是贪贿的人。如今，在网络发达的时代，揭露贪官有了崭新途径——网上披露，这也是任何贪官污吏的权势所阻挡不了的，而现在也有一些墨吏已被网络之箭射中而纷纷落马。

百姓痛恨贪贿丑行，所以这个买官者在阴间被打得皮开肉绽，读者读来有一种痛快淋漓的感觉。

41.《牛癀》

——举手之劳却见死不救，必遭惩罚

陈华封是蒙山人。盛夏时节，他在村外一棵大树下乘凉。忽然来了个人，也躲在树下乘凉，那人头上围着围巾，不停地用扇子扇风，脸上的汗直往下流。华封笑道：“你摘下围巾，不用扇扇子就凉快了。”那人说：“摘下容易，再围上就难了。”俩人聊起来，华封感觉对方谈吐文雅有修养。那人说：“现在要是能喝口冰凉的美酒，那就太舒坦了。”华封说：“这个容易。寒舍就在附近，请赏光到我家小坐。”

到了家，华封拿出窖藏美酒。酒冰凉冰凉的，客人很高兴，连喝了十杯。天黑了，外面下雨了，俩人在灯下海阔天空地聊起来。

华封偶然发现客人脑后时有亮光，觉得奇怪。一会儿，客人有了醉意，便躺下休息了。华封悄悄去看他脑后，解开围巾时发现有个酒杯口大的洞，还有类似窗棂的格子，而且格子外有个帘子遮盖着。华封拨开帘子往里瞧，此时有个小东西嗡地飞了出来，然后从窗户飞走了。

客人这时醒了，说：“你偷看我的隐秘，牛癀已经飞走了，这该

如何是好?”接着客人告诉华封，他是六畜的瘟神，刚才放出去的是牛癀，恐怕百里之内的牛都将死光。

华封是当地养牛大户，听了害怕极了。于是，连忙求教解救的办法。客人说：“连我也受牵连将受到惩处，还有什么好办法呢？不过，苦参散倒是能管些用，你要广泛传播这个方子，这样或许灾情会大大减小。”说着把药方递给华封，然后告辞出门。随后，客人又回来把从院子地上捧起的一把土放进墙上龛里，说：“每次放一点儿土，也许会有效。”

不久，果然牛瘟大为流行。华封却将药方保存起来，谁也不告诉，只告诉了他的弟弟。弟弟用这方子一试，果真灵验。而华封自己的牛却一只接一只倒下了，一点儿药效都没有，最后他的四十头牛几乎死光了。

华封焦急万分，愁肠百转。忽然想起壁龛里的土，往药里放了一点儿后立马见效，剩下的四五头牛一夜工夫全好了。

华封猛然醒悟，此前不见效是神明对自己的惩罚，于是他赶紧将方子广为传播开去。几年后，华封的牛群渐渐恢复到了原来的数量。

华封在故事的开始，还是颇有爱心的。他告诉来人最好摘下头巾，这样可以凉快些。他还邀请来人到家中做客，并把珍藏的窖中美酒请客人饮用。

得知灾难即将来临时，华封非常害怕，这也是人之常情，不足为怪。奇怪的是，他得到让乡亲们的牛免受瘟病侵害的药方时，竟然秘而不宣，束之高阁，除了自己弟弟外谁也不告诉。这样做将导致百里之内无数耕牛尽皆倒毙，并给众多养牛户带来重大灾难。华封本是个有爱心的人，却对可能出现的这一毁灭性灾难无动于衷，而且还将药方藏起来秘而不宣。

令他没想到的是，神明立马惩罚了他：苦参散对弟弟的牲口一用就灵，而对自己的牛则完全无效，以致几十头牛只剩下几头。

传播药方不过是轻而易举的事情，华封却见死不救，让人们遭了大殃。

在现代社会中，常有路人伸出援手的感人事迹发生，但也有虽举手之劳却见死不救的人，最后他们必遭群众的腹诽心谤和蔑视。

42.《僧术》
——失信者，难成大事

姓黄的书生很有才学，志向颇高。村外有座寺庙，住着位和尚，黄书生跟和尚交情不错。

和尚出外云游，十多年才回来。他见到黄书生说：“我以为你早飞黄腾达了，没想到还在这儿当平头百姓，看来你的福分太薄。这样吧，我替你给阴间的神灵送点礼，你能准备一万银钱吗?”书生答：“不能。”和尚说：“那你就准备五千银钱吧，其余的我替你垫上。三天内准备好。”黄书生同意了，回家想方设法凑足了五千银钱。

三天后，和尚来了并拿来五千银钱，两人总共一万。

黄书生家有口井，深不可测，从不干涸。有人说，井水通着大海。

和尚让黄书生把一万银钱搁在井边，叮嘱他：“你估摸我回到庙里后就把钱都推进井里，过一会儿会有个大钱漂上来，你就磕头拜谢。”黄书生答应后，和尚去了庙里。

黄书生怕最后不灵验白丢了银钱，便没把一万银钱全投进井里，而只投入了一千银钱。过了会儿，果然有个车轮那么大的大钱漂上来。黄书生赶快磕头，觉得事情有门儿，又忙投入四千银钱，但被大钱挡住了，没投下去。

天黑以后，和尚来了，责怪他："你怎么不把钱都投进去?"黄书生答："都投进去了。"和尚说："阴间使者说只拿到一千银钱，你怎么说瞎话呀?"黄书生只好把实情相告。和尚听后叹了口气，说："吝啬的人，成不了大器。看来你只能当个贡生了，要不然能当进士!"

黄书生懊悔不已，请求和尚再次做法，和尚拒绝后走了。黄书生把大钱上自己后投的四千银钱钩了上来，大钱沉了下去。

后来，黄书生真的只考上了贡生。

给阴间官员送礼行贿固然不对，但这个故事的中心意思不在这里。本来黄书生跟和尚已经约定：估计和尚回到寺庙后，黄书生就动手将钱投入井中。但黄书生临时变了卦，他觉得这事儿似乎不踏实，就投入了银钱总数的十分之一。

首先，这样做是说话不算数，没诚信。仅就这一点而言，黄书生减少投钱就是不可取的。其次，这一举动反映出黄书生的吝啬。银钱总数是一万两，而他仅投入一千，足见其吝啬程度之深。再次，如此举止也表明黄书生是个小肚鸡肠的人。当车轮大的银钱漂浮起来时，他觉得和尚不是瞎说且事情的确有谱儿，于是决定再投钱下去，但即使此时他也没把剩下的九千银钱全投入，而是仅投入四千。这个细节生动地表明，他是个鼠目寸光、难成大事的人。最后，和尚回来责问他为什么没把钱都投入，他竟然撒谎说都投进去了，而这个谎言跟他此前不讲诚信的做法是一脉相承的。同时，这个谎言也为他将剩余的五千两银钱塞入腰包埋下伏笔。也就是说，黄书生是贪财忘义、不讲诚信之辈。

从和尚一方来说，他看错了人。和尚最后也清醒地意识到了这一点，因此当黄书生恳请他再给自己一次机会时，和尚便拂袖而去了。

不讲诚信的人，难成大事。在现代社会中，没信用的人或许可以蒙骗别人几次，但时间长了狐狸尾巴必然露出。如此这般，以后还有谁会帮他呢?

43.《柳生》
——难得的，是真诚的朋友

周书生跟柳书生是好友，柳书生精通相面。

一次，柳书生对周书生说："刚才有个人拿着口袋从你身旁走过，你看见了吗?"周书生说："看见了，像个乞丐。"柳书生告诉他："这是你未来的岳父，以后碰到要以礼相待。"周书生不相信。

不久，柳书生对周书生说："我邀请了一位客人，你一定要见。"周书生按柳书生的吩咐让人准备饭菜。一会儿，客人来了，是个姓"傅"的士兵。周书生心中不悦，只是表面应付而已，而柳书生却对士卒十分恭敬。酒菜齐了，柳书生端起酒杯对客人说："周书生仰慕您很久了，常托我找您，今天终于如愿。听说您马上要远行，所以立刻相邀，但仓促之间略备薄酒，还请见谅。"

交谈中，士兵说他的马病了，恐怕不能再骑。柳书生听了便暗暗替他想办法。吃罢饭，姓"傅"的士兵走了。柳书生责怪周书生："就算拿着千两黄金，也买不来这样真诚的朋友，你怎么对人家这么冷淡?"随后他借周书生的马回家，途中却去了士兵那儿，并假托周书生的名义将马送给了士兵。周书生知道后，有些不快，但也无可奈何。

第二年，周书生去江西当幕僚，在路上遇到强盗被抓进了匪巢。匪首盘问了周书生的家世后沉思片刻，说：“这位书生，我有意将小女许配于你，怎样?”周书生说：“我是个文弱书生，打不了仗，恐怕会成为您的累赘。如果成婚后，让我跟您的千金一起离开山寨，那就感恩戴德了。不知行不行?”匪首答：“我正担心小女拖累我呢，这有什么不行的，就这么定了。”

当天晚上便举行了婚礼，匪首的女儿美若天仙。周书生跟新媳妇细细交谈后，这才知道新娘子父亲就是当年自己遇到的那个拿口袋的人。

几天后，官军忽然大举进攻将强盗们团团包围，强盗大部分都被活捉了。匪首被杀后，周书生也将被杀，他只好闭上眼等死。忽然，他听到一个声音说：“这不是周先生吗?”周书生睁眼一看，原来是认识的那位姓“傅”的士兵。如今，他已经升为将军了。傅将军赶紧给周书生松了绑，问他怎么到这儿了。周书生说自己跟妻子是被强盗抓来的。傅将军让他在俘虏中找，他很快找到了妻子。

傅将军请周书生夫妻吃饭，感谢他当年赠马之恩。将军送给了他两匹马和五十两银子，还派两个骑兵护送他们返家。

媳妇告诉周书生，家里地窖中藏有很多金银。两口子让士兵等着，将金银取来给了士兵一百两，还请他们帮忙安葬了匪首。等他们快到家乡时，他们重谢了士兵后让他们返回了部队，并代向将军致谢。

周书生两口子到家后把家里进行了整顿，由于妻子很会持家，日子便过得红红火火。

周书生在经历这番磨难前，对“诚挚的朋友”的重要性尚无深切感受。

当柳书生把士兵请到周书生家里时，周书生见是个军中小卒，似乎有点看不起人家。虽然碍于柳书生情面以酒饭招待，但内心是冷淡的。柳书生看在眼里，批评了他。周书生对柳书生把自己的马送给士兵也颇不满，但已经送了也就不再说什么了。总之，在周书生眼里，值得交往的朋友是有地位的人，而无名小卒很难成为自己的挚友，但是最后事实无情地教训了他。

在匪巢里，周书生等待被杀头时，原先那个士兵出现了。他认出了周书生，并立即出面相救，还请周书生两口子赴宴。最后，他送了两匹马给他们，还派士兵护送两人返乡。这时，周书生才真切地感受到傅将军是最真诚的人，也是自己值得交的好朋友，而傅将军就是原先那个姓“傅”的士兵，所以他从心底赞同柳书生的话：“就算拿着千两黄金，也买不来这样真诚的朋友。”至此，周书生终于真正明白“有真诚朋友”的重要性，在寻找这样的朋友时不能单看地位而要看品德。此时，周书生终于彻悟：

人生难得的，是真诚的朋友。真诚的朋友，好比走夜路遇到的路灯。

其实，柳书生也是周先生的一位真诚的朋友。他想方设法给周书生找来一位可靠的朋友并约人家来做客，又设法将周书生的马以周的名义送给士兵。凡此种种，可谓用心良苦，足见柳书生的确是周书生肝胆相照的好友。

唐代大诗人李白在《与韩荆州书》的开头，感慨万千地说：“生不用封万户侯，但愿一识韩荆州。”意思是，人活一世，宁愿不封万户侯，也要结识一下韩荆州。韩荆州即韩朝宗，他为人诚挚并常帮助朋友，特别是地位比他低的朋友，所以不少年轻人都得到过他的推荐。李白对这样恳挚之士十分倾慕，所以写信自荐。也就是说，虽然从未谋面，但李白从韩朝宗对待朋友的诚挚做派上认定韩朝宗是个值得信赖的人。

人们常说“知音难觅”“人生得一知己足矣”，其实这里所说的“知音”“知己”，都是指自己找到的真诚的朋友。

在现代社会中，人们做成一件事也需要朋友相助。所以，“一个好汉三个帮”是永恒的真理。

44.《医术》

——及时总结见奇效

沂县的张先生一贫如洗，艰难度日。一个道士给他相面后说："你可以凭某种技艺致富。"张问："什么技艺啊？"道士又看了看他的面相说："可以当医生。"张先生很奇怪，说："我斗大的字识不了几个，怎么当医生啊？"道士笑道："名医也不一定识字多，你只要去干，准成。"

张先生搜集了一些民间偏方摆了个地摊，摊儿上放了些鱼牙、蜂房之类，然后靠嘴皮子挣钱糊口，但没人把他当名医。

青州太守有咳嗽病，久治不愈，发文在所属各县征召医生。沂县是偏僻山区，懂医术的极少，县官发愁没法交差便叫乡里自报。于是，有人就推举了张先生，县官立刻召见他。

张先生自己也正咳嗽没法治呢，听到这个征召的命令十分害怕，于是一再推辞，但县官不允，后来干脆派衙役硬把他送往青州。

去往青州走的都是山路，张先生渴极了，咳得也更厉害了。这儿是干旱地区，水很珍贵，很难找到水喝。他看见一位妇人在洗野菜，菜多水少，盆里的水浑浊不堪，简直是一种黏液。张先生实在焦渴难耐，乞求喝洗菜的脏水。他喝过之后，感觉不那么渴了，过了会儿，咳嗽也止住了。他心中暗想，这大概就是治疗咳嗽的好药方。

到了青州，各县医生都为太守治过了，不见好转。张先生要了个单间，假装思考药方，暗地里让人去山里采他看见的那种野菜，回来再按照妇人的办法淘洗，然后把洗菜的浑浊不堪的水让太守喝；太守喝过不久，竟然痊愈，太守非常高兴，奖赏了他许多钱物，还赠送了一块匾给他挂在门上。张先生自此名声大振、门庭若市，他用这个方子治咳嗽真是手到病除。

益都县有个姓韩的老头儿游走四方卖药。夜里到一户人家投宿，这家孩子得了伤寒快死了，请他治。这下子，他犯了难：若不治，晚上没地儿睡觉；治吧，自己实在不会。他急得来回踱步，还不时用手在身上搓，由于奔波多日身上很脏，便搓出了一些小泥丸。他想，不如把这个给病人吃先应付一下，虽治不了病但也无大碍，即使到天亮没好，而自己也能在这儿睡个觉，于是把泥丸给了人家。

到了后半夜，主人来敲门，而且敲得很急。他想，坏了，孩子准死了。于是，他急忙穿好衣裳从窗户钻出，翻过墙头撒丫子就跑。主人发觉了，就在后面紧紧追赶，后来他实在跑不动了，靠在路旁树上喘气。主人追上来告诉他，孩子吃了药出了身大汗病好了。然后，主人又把他请了回去，用美餐招待他，临走还赠送给他很多钱物。

张先生其实根本不懂医术，所以在去青州的路上万分沮丧、无计可施。因为口渴，不得已喝了村妇洗野菜的脏水，自己的咳嗽病竟然不治而愈。这时，他立即总结经验：这个野菜的汁水能治咳嗽。后来，他将这一经验用到太守身上果然奏效，并大获成功。

及时总结经验是张先生的妙招。他并未学过医，“治病”的许多方法都是“及时总结”出来的。及时总结经验，不管正面的还是反面的，都能给自己带来实实在在的益处。

《史记·仲尼弟子列传》中记载：“鲁哀公问：‘弟子孰为好学?’孔子对曰：‘有颜回者好学，不迁怒，不贰过。不幸短命死矣，今也则亡，未闻好学者也。’”这里说的“不贰过”，指知错就改而不犯两次同样的错误，也就是及时总结经验。

明代的王阳明在《与薛尚谦书》中说：“今日之失，未必不为后日之得。”《西游记》里的孙悟空每次与妖怪交战多是先输，随后立即总结经验才逐步取胜。取得成功的人，往往不是比旁人脑子聪明，而是善于及时总结经验，吃一堑长一智。

及时总结，是做事成功的法宝。

另外，这篇故事最后讲的益都县那个老头半夜逃跑的情节令人捧腹大笑。这个情节启迪人们，对一种技艺或者一种行当必须下苦功夫，只有扎实、深入地学习才能做好。现代社会中的“二把刀”就像这个半夜跳窗翻墙逃走的“庸医”一样，在工作中永远提心吊胆、担惊受怕。

45.《于中丞》
——留意细节，必有发现

于成龙担任中丞（巡抚）时到江苏高邮县巡视，得知某富豪女儿嫁妆被盗而刺史（知府）无计可施。于是，于成龙命令城门紧闭，只留一个出入口，并派人在城门口细查出入者所携带物品。同时，贴出告示让百姓在家等候，并进行全城搜查赃物。

成龙暗中吩咐：如发现有人反复出入，便立即逮捕。最后，果真抓到两人，但身上没携带任何物品。成龙认定他俩是盗贼，两人不承认。当解开衣裳搜查时，发现两人各穿两套用作嫁妆的女人服装，两人只得招认。原来盗贼怕全城大搜查，便把赃物穿在身上转移出城。

于成龙在广西做县令时因公去邻县，在清晨经过县城郊外时看到两个人用床抬着一个盖着被子侧卧的病人，枕头上露出的头发上插着一支凤钗。几个健壮的男人跟在两侧，不时用手塞塞被子怕病人着风，他们走一会儿就在路边停一下，然后再换两个人抬。于是，成龙差人去问，回答说妹子病重得赶紧送回婆家。成龙派人尾随观察，发现这伙人进村后在一户门前停了下来，而门里出来两个男人把他们迎进去了。

成龙问县令，最近城里有无盗窃案，县令说没有。当时对官吏政绩考核很严，成龙考虑到这一点便派人仔细寻访。果然发现一个富户被抢劫，主人遇害，但被害人的儿子不敢承认此事。成龙告诉他：“我们已经找到强盗，没有别的意思。”其子这才叩头痛哭，请求报仇雪恨。成龙去见县官详细说明原委，县官立即派出强壮的差人连夜出发直扑那个村子，并抓到了那八个男人，最后一审问都招了。

强盗供认说，他们与妓女合谋，让妓女抱着金银财物躺在床上，然后到窝点后再分赃。

有人问成龙是怎么发现的，成龙说：“这很容易，只是人们不细心观察罢了。哪有少妇躺在床上让男人把手伸进被窝的呢？不断换人，说明抬的东西很重；两侧有人围护，表明床上还有其他东西。病妇昏迷送到婆家，必有妇人在门口迎接，但却只出来两个男人，而且一点儿不吃惊，也不询问病情，这不合情理。因此断定是盗贼。”

清晨外出时，碰到有人抬着病人疾走。于成龙留意观察，他注意到枕头上露出的头发上插着凤钗，显然病的是年轻女人。同时，两侧跟随的都是男人而不见一个女人，并且男人还不时用手掖被子，以及还不时更换抬床者。这一系列发现，显示出于成龙观察的细致。所以，他在发现问题后继续察看，最后终于断定是盗贼。

不论什么事情，只要细致观察、留意细节，定会有所发现。《淮南子·说山训》中说：“以小明大，见一叶落而知岁之将暮，睹瓶中之冰而知天下之寒。”成语“一叶知秋”即由此来，意思是从一片树叶的凋落便知道秋天即将到来。唐人诗云：“山僧不解数甲子，一叶落知天下秋。”其实，这就是“见微知著”，也就是观察细部便了解全局之意。

留意细节，才能找到突破口。

在日常生活中，只要留意细节、细心观察，就会有许多新的发现。

法国侦探小说作家乔治·西姆农跟朋友一起散步，走着走着，他忽然对朋友说：“这位小姐一定非常美丽。”朋友一看，前面几步远只有几个小伙子，于是问：“您说谁啊?”作家笑了，说：“在咱们后面啊!”朋友回头一看，果然有个亭亭玉立、美丽动人的姑娘。朋友很奇怪：“你怎么知道的?”作家说：“我从刚走过去的几个小伙儿的眼神里看出来的。”

在现代交际中，只要留意某人话语、举止、表情等细微表现，就能捕捉到对方心迹的蛛丝马迹。

46.《杜小雷》
——不孝敬的儿媳应该变猪

杜小雷是益都县人，母亲双目失明，他对母亲十分孝顺。家中虽然贫穷，但母亲从不缺美味可口的食物。

一天，小雷外出，走前买回猪肉交给妻子，并让她给母亲包饺子吃。这个媳妇一贯不孝敬婆婆，剁肉的时候故意将屎壳郎剁在肉馅儿里。

老人吃饺子的时候，觉得饺子有一股恶臭味道难以下咽，便将饺子藏了起来等儿子回来。

杜小雷回来后，问母亲："饺子好吃吗?"母亲摇摇头，拿出饺子给儿子看。杜小雷掰开饺子一看里面有屎壳郎，不由得怒火冲天。他回到卧室想揍妻子一顿，又担心母亲听见，便躺在床上想办法。妻子看他闷闷不乐，问他怎么回事，他也不说。

妻子心中有愧，便在床边徘徊不敢上床。

夜深了，杜小雷听到床下有粗重的喘息声，呵斥道："还不上床睡觉，等着挨揍啊?"妻子没有回答。他于是坐起来点上灯往床下一照，发现地上有头猪。再仔细一看，猪有两只脚是妻子的，这才明白妻子变成了猪。

县令听说了这件事，派人把猪拉去押着游街，以惩戒那些不孝的人。

杜小雷的妻子竟然在包饺子的时候，故意把屎壳郎包进去给婆婆吃，谁读到这里都会厌恶这样的儿媳。从故事里可以看出，婆婆对她还是不错的，因此杜小雷发现“屎壳郎事件”时没敢痛打媳妇，怕母亲听见不高兴。杜母也是有修养的，她发现饺子馅儿里的问题并未发作怒斥儿媳，而是等儿子回来“鉴定”处理。也就是说，婆婆还是比较善良、理性的，由此也就更凸显出儿媳行径的丑恶。

《说文解字·老部》中说：“孝，善事父母者也。”《尔雅·释训》说：“善父母为孝。”可见，“孝”的核心其实就是善待父母，包括善待公婆和岳父岳母。

中华民族自古以来就崇尚孝道。唐玄宗给《孝敬》做注时说：“始自天子，终于庶人，尊卑虽殊，孝道同致。”意思是说，孝道是自皇帝到黎民百姓都应当尊奉的一种道德。几千年来，这一道德具有普世价值。本来，儿媳的不孝乃至变成猪都是杜小雷家里的事情，但县官听说后便派人押猪游街示众，这凸显出孝道是社会公认的一种道德观，而违背孝道是要受到全社会谴责的。

让不孝儿媳变猪，反映出中华民族传统意识中对不孝行为的憎恶。

汉代贾谊在《新书·道术》里说：“反孝为孽。”意指不孝是一种罪孽，这也是自古共识。在现代社会中，不孝行为仍然存在，例如“啃老族”等。不孝者一时认识不到自己的舛错，但是当白发苍苍的父母离开人世之后，他们深夜扪心自问后会忽然警醒，心中哀戚将难以言表。

子欲养而亲不待，这是无数人的切身感受。

47.《刘全》
——常有善举者长寿

侯先生有一次去城隍庙，看见唐代刘全塑像的眼睛被鸟粪给糊住，就站上去把鸟粪抠掉了。

几年后，侯先生病重，昏迷中感觉被鬼卒捉了去。到了衙门，两鬼卒勒索财物，侯先生没有。他正无计可施，忽然来了个穿绿衣的人斥责两个鬼差："这是侯大爷，怎能如此无礼？"两人连连道歉。

在衙门的官员审问前，一个小吏对侯先生说："没什么大事，上堂对质一下就可以回去了。"一匹死后的马状告侯先生害了自己，侯先生说马得了瘟病，自己是按病下药的。官员一查，马的寿数已尽，说侯先生没有罪过应该还阳。

从堂上出来，绿衣人跟小吏嘱咐差人好好照顾侯先生。

侯先生感激地说："承蒙两位先生如此关照，非常感谢。请留下姓名，以便日后报答。"绿衣人说："三年前，我从泰山回来又热又渴，难受得要命。路过你们村时，你舀汤给我喝，我这才缓过劲儿来，至今铭记。"小吏说："我就是刘全。我眼睛被鸟粪糊住了，多亏你替我擦掉，心里念念不忘。"

侯先生回家后苏醒过来，并得知自己死去两天了。此后，侯先生更加积德行善，每逢节日总要去祭奠刘全。他身体健康，直到八十二岁还能骑马奔驰。

其实侯先生帮助别人并非做了多么大的事情，他帮助小吏也不过是舀了勺汤给他喝，而他帮助刘全不过是擦了擦糊在刘全塑像上的鸟粪，也就是说这只是他的举手之劳而已。事情虽然不大，却体现出侯先生助人为乐的好品质。

侯先生正是因为做了许多这样不起眼的小事，才得到别人的尊重和帮助。助人的小事谁都能做，但不是谁都乐意做。《孟子》里面说："为长者折枝，语人曰'我不能'，是不为也，非不能也。"意思是说，自己不能给年龄大的人折下一根树枝，这是不做，不是做不到。

侯先生做了，他不仅得到了心灵的慰藉，也得到了心里的快乐，而且还得到了意外的帮助。

侯先生当初帮助人的时候，只是觉得自己应该做，并没有想得到什么回报，但他却得到了料想不到的回报。

在现代生活中，不经意间的助人，同样会有不经意间的"受惠"。而从心灵的感受来说，"受惠"固然让人欣悦，但不经意间的助人则拓展了自身活动空间，会收获内心的愉悦，这才是助人者获得的最大收益。

48.《新郑讼》
——心里装着事儿，才能把事儿办好

张先生是个商人，他租了辆车带着五千两银子回家。

走到新郑县的时候，两个车夫去吃饭，张先生独自留在车里。当他察看自己钱袋时，被路过的某甲发现。某甲一看周围无人，便抢走了张先生的钱袋。张先生远远地跟着某甲，见他进了一个院子，从墙头向里张望，被某甲发现了。某甲诬陷他是贼，并绑了他去见县官。

县官姓石，他让两人分别叙述案情。石县令听后认为这个案子查无实据，将两人都赶了出来。两人都不满意，说石县令不分是非，县令假装没听见。

石县令回忆起某甲曾长期拖欠赋税，查了一下果真如此，便派人到某甲家催缴税款。

第二天，某甲拿着三两银子来纳税。石县令问钱从何而来，某甲说："卖衣裳和东西得来的。"并说出卖给了谁。石县令让差人去查一查当天来纳税的人里有没有跟某甲同村的，正好某甲的邻居来了，便被带入了大堂。

石县令说："你是他的邻居，他的银子是从哪儿来的你应该知道。"邻居答："我不知道。"石县令对某甲说："你的银子连邻居都不知道是怎么来的，一定来路不明。"某甲听了有点害怕，忙给邻居使眼色，说："我卖衣裳、卖东西的事情你怎么不知道？"邻居忙说："对，是有这么回事。"石县令看见他俩的表现，顿时大怒，厉声对邻居说："你跟他一定是同伙儿的！看来不动大刑你不说实话。"立即命人取来了刑具。邻居一听这话吓坏了，说："我跟他是邻居，刚才怕说了实话招他怨恨。既然要动大刑，我还有什么可隐瞒的？他交税的银子的确是从张先生那儿抢来的。"

石县令见邻居说出真相，就把他放了。这时张先生还没走，石县令就让某甲把银两还给了他。

石县令一开始也搞不清楚真相，听了两人的叙述却也无法断定谁是谁非。他虽然将两个人赶出了衙门，但石县令脑子里还在萦绕这件事。他终于回忆起某甲长期欠税的事，于是派人令其来衙门缴税，这其中也包含着进一步调查某甲的目的。

在当堂调查中，石县令首先发现邻居不知道某甲的银子从何而来，接着又发现某甲对邻居使眼色"递话"。他登时火冒三丈，声言要严刑拷打邻居，邻居被迫吐出实情交代了某甲的抢劫行为。

石县令不是"福尔摩斯""狄仁杰"一类办案高手，但是他有给百姓办事的真心实意。所以当案情没有进展时他仍在琢磨，而且当事人在堂上说话时他能仔细观察并加以分析。正因为他有一颗为民办事的心，故而把一桩难审的案子成功处理了。

心里装着事儿，就能把事儿办好。当下，如果一个干部心中装着群众，必能把百姓的事儿办好；如果一个研究者心里始终牵挂着课题，必能有所创新。不论做什么事，只要有心，假以时日，定见成效。

49.《苗生》
——话语低俗的人，应被老虎吃掉

龚书生去西安赶考，在旅店休息，自斟自饮。一个魁梧的先生进来跟他说话，龚书生邀请他饮酒，来客也不推辞，来人自称姓“苗”。龚书生觉得苗先生粗犷豪放不像读书人，有点儿瞧不起他，酒喝完了也不再买。苗先生并不介意，自己买回一坛，还硬劝龚书生喝。因为他胳膊粗力气很大，龚书生只好喝下了几杯，而苗先生则用大碗自斟自饮。

龚书生自己先上路了，走了几里后马病了，倒在路边不能动了，见此龚书生也无计可施。苗先生追上来了，他把马上的行李交给龚书生仆人，自己则把马扛起来疾走二十多里到了旅店。龚书生万分惊讶，觉得他是“超人”，就盛情款待。苗先生喝干了一坛酒后自己先上路了，龚书生因给马看病便多住了些日子。

龚书生在西安考完试后，跟朋友一起登华山。休息时，他们在地上摆好酒菜，然后作诗联句。忽然苗先生来了，大家便一起饮酒、作诗。

这几个人说出的诗句越来越低俗，苗先生不禁说：“已经说的这些诗就够了，如果饶了我的话，就别再做这样的诗了。”众人不听，依旧作粗鄙诗句。苗先生实在忍无可忍，发出一声长长的吼叫，顿时山鸣谷应、声震四方，接着他又跳起了狮子舞。人们的思路被打断了，也就不再作鄙俗的诗了，便举杯畅饮起来。

喝到半醉，大家又洋洋得意地朗诵起自己在考场上做的文章，还不断互相吹捧。苗先生不想听，就拉着龚书生划拳，而其他人仍然相互奉承没完没了。苗先生厉声道：“这样的文章只能回家跟老婆说，大庭广众之中喋喋不休，实在让人厌烦。”

众人露出惭愧的神色，但又讨厌苗先生的粗鲁莽撞，反而提高了嗓门儿高声朗诵自己的文章并相互阿谀。

苗先生愤怒了，大吼一声变成了一只斑斓猛虎向这些人扑去，把他们一个个都吃掉了，只留下龚书生和当年考第一的靳书生。随后，猛虎咆哮一声，跳过山梁，飞奔而去。

苗先生粗犷豪放，颇有“虎气”。他不计较龚书生的失礼，自己买酒还硬劝龚书生喝。苗先生不仅是豪爽之士，而且是有“神力”的“超人”，能扛起一匹马疾行二十里。

但苗先生又有普通人的情怀。当书生们吟低俗诗句时，苗先生实在听不下去了，如同我们看到低俗的文艺表演一样难受。苗先生对低俗诗句的大吼让读者痛快，这也正喊出了读者的心声。

对书生们互相阿谀逢迎的鄙俗话语，他敢于加以制止。众书生虽然自知不对而心中羞愧，但又计较苗先生话语粗鲁——实际上是书生们恼羞成怒，于是他们变本加厉更加高声说低俗之语。这样一来，苗先生实在忍不住了，于是变成大老虎吃掉了这些令人厌恶的言行低俗鄙陋的“下三烂”，真是大快人心。

《红楼梦》第二十八回中，薛蟠在行酒令时说出了低俗粗鄙之语，众人听了“都扭着脸说道：‘该死，该死！’”。低俗话语，人们听了都很不舒服。也就是说，鄙俗之语跟社会普遍的审美情趣是想悖逆的。所以，厌恶还是欣赏低俗语言，是审美能力高低的一个分水岭，也是人的气质和品性高低的分界线，而谈吐低俗者会失去品行好的朋友。

话语低俗的人，令人厌恶。如今，有的相声里拿对方取乐作低俗调侃，有的小品里的恶俗对话，都让人觉得不舒服。对此，社会要敢于批评。

鲁迅曾批评某些封建道德的卫道士“将肉麻当有趣”。其实，低俗的话语和表演也是拿肉麻当有趣。文学艺术作品中的风趣幽默让人感到开心、舒爽，跟让人难受的低俗表演完全是两码事。

50.《王六郎》
——情真意切，友谊才长久

淄川的许先生以捕鱼为业。他每天傍晚都要到河边去，边打鱼边饮酒。喝酒前，他还先把一杯酒洒在地上，以祭奠河里的淹死鬼。

一天晚上，来了位少年，许先生便邀他共饮。两人喝了一整夜，许先生因为没打成鱼而心里有些懊丧。少年说："我到下游给你赶鱼。"许先生一撒网，打上来许多鱼，高兴极了。他送些鱼给少年，少年谢绝，说自己叫"王六郎"，以后会常来。次日，许先生卖鱼买了酒，少年又来了，然后又帮他赶鱼，就这样过了半年。

一天，少年跟许先生说将要分别了，并告诉徐先生自己是鬼，因为爱喝酒后来淹死在这条河里，以前许先生打鱼多是因他暗中赶鱼，目的是报答许先生洒酒祭奠。他告诉许先生，代替自己待在这条河里的是个少妇，明天渡河时将淹死。

第二天晚上，王六郎又来了，说少妇带着孩子是两条人命，所以就没让她死，至于以后来替代自己的还不知什么时候来呢。于是，两人又开始像从前一样相聚饮酒。

过了些日子，少年来辞行，说上次自己的善举感动了上苍，他被任命为招远县邬镇的土地神。许先生若念及友情，可以去看望。

许先生回家后准备行装。他妻子说：“好几百里路呢，即使真有土地庙，也没法跟泥像说话呀。”徐先生不听劝阻，出发了。

到了邬镇，他跟旅店老板打听土地庙在哪儿。老板忙问：“您是不是姓‘许’?”老板得知他的确姓“许”，而且是从淄川来的，便告诉了镇上的人。原来，全镇的人都梦到土地神让他们给许先生赠些盘缠。

许先生来到土地庙祷告说：“分手之后，我梦中都在惦记你，故此远道而来探望。承蒙你托梦让镇子里的百姓资助我，实在感激，但万分惭愧没带什么丰厚礼物，只能奉上薄酒一杯，如不嫌弃还望像以前在河边那样喝下这杯酒。”祷告完毕，焚烧了纸钱。只见神座后刮起一阵风，旋转许久才停歇。

当晚，许先生梦见六郎前来相会，说：“有劳你远道来探望我，真让我悲喜交加，但有职务在身，故不便与你相见。虽近在咫尺，却似远在天涯，心中凄怆。百姓会送你一些薄礼，就算是老朋友的一点心意吧。你回去的时候，我再来相送。”

村里人轮流做东，殷勤招待。临走时，赠送的礼物装满行囊，男女老少都来送别。出镇子后，一股旋风伴随他走了十多里。许先生再三拜谢：“六郎多保重，不用远送了。你心地仁慈，定能为一方百姓造福。”那阵风盘旋了很久，才渐渐离去。

王六郎因感谢而认识许先生，在多次相会中逐渐相知，由相知而逐步情谊深厚。

许先生虽然知道可能白跑一趟，也要到数百里之外去探望自己的至交。王六郎因“土地爷”的职务在身，不便跟许先生相见，但仍托梦给镇中百姓要千方百计照顾许先生，而两人真挚的情义跨越了阴阳两界和几百里山水终得以重逢。由此可见，真诚的友情是什么也阻隔不了的。

我国古代有“素交”“兰交”“石交”之说。“素交”指真诚纯洁的友情。例如《文选・刘孝标〈广绝交论〉》中说：“斯贤达之素交，历万古而一遇。”“兰交”指知心朋友。《易经》里说：“二人同心……同心之言，其臭如兰。”意思是，知心朋友话语的味道就像兰花一样。“石交”指友谊坚固的朋友。《三国志・蜀志・杨洪传》说：“石交之道，举雠（仇）以相益，割骨肉以相明，犹不相谢也。”意思是，“石交”的朋友能够为了朋友的利益而举荐自己的仇人，为了表明心志而割下自己的骨肉，如果需要的话，这些都会毫不犹豫地去做。

“素交”——真诚纯洁的友情，是成为挚友的基础。克雷洛夫寓言中有个故事叫《狗的友谊》，说有两只狗平时称兄道弟，似乎是莫逆之交。但是当两只狗的主人扔下来一根带肉的骨头时，两只狗立刻为抢这根骨头争斗起来咬作一团。由此可见，这两只狗是很难成为挚友的。

在“素交”的基础上，能够成为“兰交”——知心朋友；“兰交”历久，便会成为“石交”——友谊坚固的朋友。

真挚的情谊是人生最可贵的东西。当然，这种友谊是建立在互助、互谅、真诚相待的基础上的，也是建立在一定理性原则的基础上的。

51.《汤公》
——摆脱厄运，须持续努力

汤聘因病离世后，灵魂飘到了路边。然后，来了一个巨人捡起他的灵魂放在了袖子里。袖子里人挤人，空气污浊，难受极了。他忽然想起佛祖最能解人危难了，于是连声念诵“阿弥陀佛”。念了几声后，灵魂果然飘出袖子落在了地上，地上的空气好多了。巨人看见了，又将他的灵魂捡了起来放回袖中。汤聘又念“阿弥陀佛”，灵魂又飘落路边。如此三次，巨人不再捡起，走了。

汤聘的灵魂在路边徘徊，不知该去何方。他溜达了一会儿，遇到了一个和尚，便施礼问路。和尚告诉他：“读书人的生死簿由文昌帝君和孔子管着，必须到他们那儿注销姓名，才能到其他地方去。”和尚还告诉他这两个人的住处，汤聘便朝和尚指点的方向走去。

不一会儿来到孔庙，见孔子面朝南端坐在那儿，他赶紧上前跪拜并说明来意。孔子说：“生死簿由文昌帝君掌管，你得找他。”孔子告诉他找文昌帝君的路，汤聘又急忙赶路。

他来到一座宫殿前，只见这座宫殿雄伟壮观有帝王气派。于是，他低头弯腰恭恭敬敬地走了进去，只见大殿上坐着一个人，跟世间庙宇文昌帝君的长相一样。汤聘跪伏于地，虔诚祈祷。文昌帝君得知了他的来意，详细查阅了花名册，对他说：“你为人诚实、正直，还可以再活若干年，但你的躯体已经腐烂，现在只有观音菩萨能让你重回人间。”

汤聘按照文昌帝君指的路继续往前赶。他来到一个地方，这儿有茂盛的树林和碧绿的修竹，其间还掩映着一座华丽的殿堂。走进殿堂，见观音菩萨梳着田螺形发髻，神态端庄，面如满月般美丽，而且座前宝瓶里还插着杨柳枝条。汤聘恭敬叩拜并禀告了文昌帝君说的话，菩萨听了面带难色。汤聘不住叩头恳求，旁边的一位罗汉受了感动，对菩萨说：“请菩萨施展法力，撮土为肉、柳枝作骨。”

菩萨答应了罗汉的请求，亲自折下宝瓶中的柳枝，倒出宝瓶中的神水将净土和成泥，然后把泥和柳枝都拍附到汤聘身上，并让仙童把他送回停放灵柩的地方。仙童掀开棺盖，让汤聘进去，然后再合好盖子。

家属听到棺木里发出呻吟声十分惊骇，掀开棺盖后发现他已经醒来，忙将他搀扶出来。离开棺材后，汤聘的病也就痊愈了，这时距离他气绝去世已有七七四十九天了。

汤聘的“还阳”之路历经曲折。

开始，他在巨人袖中非常憋闷难受，念了“阿弥陀佛”逃出袖子，然而巨人又把他拾起放进袖中。如此三次，巨人不管他了。

随后，他又按照一位和尚的指点寻找孔圣人，好不容易找到了，孔子让他去找文昌帝君，而文昌帝君又让他去找观音菩萨。

虽然折腾多次，但汤聘始终没有丧失返回阳间的信念，一直在奔波、在努力。当他找到观音菩萨后，观世音面有难色。汤聘仍然不灰心并坚持恳求，终于感动了一旁站立的罗汉。这位罗汉帮着说了句话，观音菩萨才动手实施用泥土作肉、用杨柳枝作骨的法术。最后，菩萨让仙童把汤聘送返人间。

始终坚持自己的追求，不管遇到多少次挫折都不气馁、不放弃。这就是汤聘成功“还阳”的主因。

摆脱厄运、摆脱某种不利的处境也是一种成果，跟取得其他成果一样要经历一个过程。

美国作家马尔科姆·葛拉威尔在《异数》一书中说：“只要经过一万小时的锤炼，任何人都能从平凡变成超凡。”有人说，不论谁只要在某方面研究十年，就能成为这方面的专家。

取得任何成果都必须经历一个过程，这个过程往往是艰难的，甚至是痛苦的。《西游记》中的孙悟空，经历九九八十一难之后才变成了“斗战圣佛”。

汤聘在阴间有那样的耐心、恒心、决心，因此能持续努力并逐步摆脱困厄而最终“还阳”。

在现代社会中，不论是初出茅庐的大学生、研究生、博士生，还是有所成就的工程师、研究员，甚至是成绩卓著的科学家，如要取得理想的成功，必须坚持不懈、百折不回，才能成功。不论做什么事，碰到一连串的困难是正常的现象，不必畏惧。

52.《种梨》
——不舍芥豆之微，难免遭殃

有个乡下人在集市卖梨，梨又香又甜，但价钱太贵。来了个穿戴破烂的道士，伸手向卖梨的乞讨。卖梨的不给并赶他走，但道士没走，于是卖梨的骂了起来。道士说："你这一车好几百个梨，而我只要一个，对你来说并没什么大损失，怎么发这么大火儿呢？"

一旁看热闹的劝卖梨的给道士一个不太好的，打发他走得了，卖梨的坚决不干。路旁店铺里的伙计见他们吵闹不休，出钱买了一个梨送给道士。道士称谢后说："出家人不吝啬，我一会儿请大家吃梨。"有人问："既然有梨怎么不吃自己的？"道士答："我只需要这个梨核儿。"说着三口两口吃完了梨。

道士用小铲挖了一个小坑，把梨核儿放进去埋好，跟店铺要来一壶开水浇上去。只见一个嫩芽儿钻出来，渐渐长大成了一棵枝繁叶茂的梨树。转眼间开花、结果，又大又香的梨便挂满了枝头。道士上树摘梨送给周围的人吃，大家一会儿就把梨吃光了。

道士砍了梨树扛在肩上，不慌不忙、慢慢悠悠地走了。

卖梨的也跟着大家看热闹，甚至连卖梨都忘了。当他一回头，却发现车上的梨全没了，才明白道士变戏法是用了自己的梨。再一看，一根车把被砍掉了，于是他气急败坏地急忙去追赶道士。转过弯，他看见自己的车把扔在了墙脚下，这才明白道士砍的梨树是自己的车把。

卖梨的捡了车把回来，集市上的人看见他的狼狈相都抿着嘴偷偷乐。

卖梨的送给道士一个梨实在没什么损失，如果他在几百个梨中挑选一个哪怕是最小、最不好的给道士，自己都会免除丢失一车梨的大损失了，但卖梨的没这么做。不仅如此，他见道士不走还骂人家，这就更不对了。

舍不得一个梨，却丢掉了一车梨。连芥豆之微的东西都舍不得用来帮助别人的人，难免碰壁。

过于吝啬，必然为人所不齿，遭到人们鄙夷。这种人迟早要碰钉子、摔跟头，就像那个卖梨的一样，而他自己还丈二和尚摸不着头脑。

“铁公鸡”的举止也折射出过分关注琐碎事情的心态。

《庄子·庚桑楚》中说：“简发而栉，数米而炊，窃窃乎又何足以济世哉!”意思是，挑选（容易梳理的）头发来梳理，一粒一粒数好了米才做饭，很明显这样的人怎么能去做救助世人的事呢？也就是说，过分计较琐细事情的人不足以成大事。

人们常用“数米而炊”来形容这种锱铢必较的人。

53.《凤阳士人》
——夫妻芥蒂，最终还须夫妻消除

凤阳有个书生跟妻子说到外地求学半年，但十个月过去了仍然杳无音信，妻子朝思暮想不成眠。

一天夜里，来了个美丽的女郎，说愿意带妻子去找丈夫。妻子穿上女郎的鞋，两人走得飞快。

忽然，碰到书生骑着骡子迎面而来。女郎说自己家不远，于是请夫妻二人到家里休息。酒菜摆好了，女郎举杯祝贺夫妻团圆。书生总是看着女郎，没对妻子问寒问暖，而女郎也暗送秋波，见此妻子只好默默坐着。最后，酒喝多了，书生跟女郎的话语更加亲昵。

过了会儿，女郎装酒醉离席而去，书生也跟去了，两人半天不回来。丫鬟们都睡着了，妻子独坐难以忍受，想回家，但又不识路。

于是，妻子悄悄走过去看，听到丈夫跟女郎的笑声，还有丈夫对女郎说的情话，而这些话是丈夫平时对自己说的。妻子气得双手颤抖，真恨不得跑出去跳到河里死了算了。

忽然，妻子看到自己的弟弟三郎骑马来了，就把事情跟弟弟说了。三郎一听大怒，举起石头就往窗上猛砸，窗棂破了，石头飞了进去。只听里头女郎喊："郎君脑袋破了，这可怎么办啊?"妻子听了大吃一惊，大哭起来，对弟弟说："我没说让你杀了他，现在怎么办啊?"

弟弟说："你不断跟我哭诉，现在你又护着他。"说罢生气地走了。妻子拉着弟弟衣服说："你不带我走，我怎么办?"弟弟一甩手，妻子摔倒了，弟弟抽身而去。

妻子顿时醒来，原来是个梦。第二天书生回来了，真的骑着一匹骡子。夫妻俩聊起来，丈夫说做了同样的梦。

妻子弟弟来看望姐夫，也说做了跟姐姐一样的梦。于是，三人都十分惊异。

妻子的噩梦流露出对丈夫的深深思念，也透露出妻子内心深处对丈夫可能出轨的一丝担心，以及对自己命运的隐约忧虑。

她对弟弟三郎哭诉丈夫的出轨行为，三郎勃然大怒用石块砸窗户，石头飞进去把姐夫脑袋打破了。刚刚还对丈夫恨之入骨的妻子，忽然大哭起来，责备弟弟下手太狠。

这固然表明妻子对丈夫的深情，同时也告诉我们：夫妻之间的芥蒂，最终只能由夫妻双方自己化解。外人的劝解当然重要，甚至不可或缺，但是消解心中不快、原谅对方错误、解开心结，还必须夫妻双方直接对话、直接交心，然后才能破镜重圆。

决定事物发展变化的是事物的内因而不是外因，而外因只能通过内因起作用。

外人首先要注意化解矛盾，要"劝和、促谈"。也就是说，外人，即使是父母兄弟姐妹，也不宜帮着"出气"，而是应尽力"劝和"，促进二人"面对面"敞开心扉交谈。同时，外人介入的深度要适可而止，特别是当夫妻二人关系已有所改善时，更不宜发现什么立刻报告一方，这样的节外生枝必给已然风平浪静的二人世界掀起新的波澜。

亲属只能从旁化解，最终还须夫妻互谅才能打开心结。如果介入太深，不但使矛盾复杂化，而且还会引火烧身。

54.《汪士秀》
——敢于奋力拼搏，妖怪也大败而逃

汪士秀是庐州人，刚强勇猛，能举起几百斤重的石臼。他跟父亲都善于踢球，但父亲四十多岁过钱塘江时沉船遇难了。

汪士秀去湖南办事，晚上船停在洞庭湖边。汪士秀正在船头欣赏月色，忽然看见水中浮出五六个人，他们把一张半亩地大的席子铺在水面上，并在席子上摆好了酒菜。三人饮酒，两人侍奉，两个侍者一老一小，而老的很像汪士秀父亲。

饮酒的让侍奉的老者一起踢球，老者把球踢起一丈多高，那球闪闪发亮，刺人眼目。球飞到汪士秀船上，汪士秀飞起一脚踢过去，球高高飞起划出一道彩虹后落入水中。饮酒的很生气，嫌败坏了他们兴致，而老翁却夸赞这一脚踢得好。饮酒的更生气了，派侍奉的一老一小来抓汪士秀。

汪士秀想，反正逃不掉了，于是把心一横，手提大刀毫不畏惧地挺立在船头。一老一小手持兵器来到跟前，士秀定睛一看果真是父亲，大声说："父亲，儿子在此。"老者大吃一惊，父子黯然神伤，年岁幼小的见状便返回了。父亲让儿子快藏起来，但话音未落酒席

上的三人已经杀到，他们要将老翁抓走，汪士秀奋力争夺。

他挥动大刀砍去，砍断了一人的臂膀，那人逃走了。另一人杀来，汪士秀横扫一刀，砍下了他的脑袋，尸身沉入水中。第三个人变成一张大嘴伸出水面喷出一股水柱，顿时波浪滔天，船猛烈地摇晃起来，船上的人也非常恐慌。士秀搬起船上的大石鼓向大嘴砸去，一声巨响后波浪小了，然后又掷出一个大石鼓，水面渐渐平静了。

汪士秀疑心父亲是鬼，父亲对他说："当年溺水的十九人都被妖怪吃掉了，我因为会踢球而得以幸免。三人都是鱼精，他们踢的是鱼鳔。"父子俩很高兴，连夜划船离开了这里。

天亮后，他们发现船里有个四五尺长的大鱼翅，方才省悟这是被砍断的鱼精的胳膊。

汪士秀发现妖怪要来袭击自己时，估计现在想逃跑已经来不及了，而如果惊慌逃跑就只会在半路上被妖怪赶上杀掉或者抓走。于是，汪士秀索性横下一条心跟妖怪拼个你死我活，他手持大刀挺立船头静候妖怪。这样，就形成了"一对三"的局面。

即使如此，汪士秀也毫不畏惧。他首先挥舞大刀砍断了一个妖怪的臂膀，妖怪疼痛难忍败下阵去。另一个妖怪杀过来，汪士秀干脆横扫一刀削掉了这厮的脑袋。第三个妖怪变成一张大嘴喷出水柱，搅得湖水掀起滔天巨浪，使得船只颠簸得几乎要翻。汪士秀一步也不退让，他针锋相对地举起大石鼓猛砸大嘴，第三个妖怪也落荒而逃，汪士秀终于取得了彻底胜利。

敢于奋力拼搏，妖怪也大败而逃。

从力量对比来说，汪士秀处于绝对劣势。妖怪是三人，他是一人；妖怪有法术，他靠自己的功夫。敢于拼命的汪士秀没有被险恶的处境吓倒，他舞动大刀连续砍杀，再投石猛砸，三战三捷，终于大获全胜，而且还因此救出了父亲。

汪士秀的勇敢拼搏也不是一时兴起而为。他平时在生活的浪涛中培育了坚毅果敢的性格，在日常习武中练就了超凡的武功和力能扛鼎的臂力。因此，他才敢于“亮剑”，并了无惧色、履险如夷。“艺高”才能“人胆大”，若无平日积累，这次出手必遭惨败。

俗话说，“鬼怕恶人”。对恶势力，要敢斗。

《西游记》第三十六回中，唐僧去庙里求宿，被恶和尚羞辱一番后退了出来，然而孙悟空去求宿，刚才那个恶和尚却立即换了副面孔对唐僧磕头高叫：“唐老爷，请方丈里坐。”猪八戒嘲笑唐僧不会办事，唐僧深有感触地说：“常言道，鬼也怕恶人哩。”

清代的袁枚在《子不语》中讲了个“鬼怕人拼命”的故事：

有位先生住在店里，鬼从房上抛瓦片。他怒斥：“你是鬼吗？你要能扔下来房上没有的东西，我才怕你！”鬼扔下一个磨盘。他又骂：好你个恶鬼！你要能把屋里的茶几砸碎，我才怕你！”鬼扔下巨石，茶几砸碎了。他再骂：“你这个缩头缩脑的狗奴才！你要能把我脑袋砸碎，那我算真服你了！”说着，他摘下帽子扔到地上，然后昂首而立，四周顿时悄寂，鬼退走了。

敢拼敢斗，敌人就会退缩。在现代生活中，对待生活、事业里的困难也是如此。自己不害怕，坚持拼搏、不屈不挠，困难就会在你不懈地奋斗中一步步退缩，就像汪士秀面对鬼魅一样。

55.《辛十四娘》
——语言轻率，必惹祸上身

冯书生清晨外出，见到一位少女匆匆赶路。她身披红斗篷，容貌娟秀，身边还跟着个丫鬟，露水把鞋袜都打湿了。冯书生暗暗喜欢上了这个少女。傍晚，冯书生回来，见少女从一座寺庙里出来，看见他又进去了，他决定跟进去看个究竟。

在寺里碰到一位老汉，请他到后院饮茶。老汉说姓“辛”，有十九个女儿，已嫁出十二个，都是老妻操办的。冯书生求婚，老汉不语，冯书生掀开了里屋门帘，看到了清晨遇到的女子。老汉觉得他无礼，将其赶了出来。

冯书生离开后迷路进了一个村庄，向一户人家借宿。他进屋坐了会儿，一位老太太出来问他身世，原来双方是远房亲戚。老太太说，他想娶的是“辛十四娘”，她认识这家人。姑娘被叫来，老太太要给两人办婚事。辛十四娘说要回去禀告父母，于是老太太选定了结婚吉日，然后便让她先回去。

天亮后冯书生离开宅子，回头一看却只有一座坟墓。

到了吉日，花轿果然来了。辛十四娘带了个丫鬟，嫁妆没多少，只有个瓮一般大的钱罐子。于是，两人成婚。

楚公子是一个高官的儿子，跟冯书生相熟，到家里来贺喜并请冯书生去喝酒。十四娘对冯书生说：“此人猴眼鹰钩鼻，不可长久交往，不去为好。”冯书生答应了，没去。

次日，楚公子来问为什么没去，并带来了新作的诗。冯书生对诗说了些嘲讽的话，两人不欢而散。十四娘对冯书生说：“楚公子狠如豺狼，你不能跟他说玩笑话。不听我的，必然大难临头。”后来冯书生见了楚公子便说些恭维的话，此前的嫌隙渐渐消除了。

不久考试发榜，楚公子第一，冯书生第二。楚公子设宴邀请了冯书生，他在宴会上对冯书生说：“我的名次在你前面，是因为我文章的开头略高一筹。”冯书生酒喝多了没忍耐住，大声说：“你到现在还以为你是凭文章考第一的吗?”众人吓得脸色都变了，楚公子羞愤无语。

冯书生回来后酒醒了，把事情告诉了辛十四娘。十四娘不悦，说：“你简直是轻薄子弟。你拿轻薄态度对待君子，自己也会丧失品德，而你拿轻薄态度来对待小人，自己则会惹来杀身之祸。你离祸事不远了，我不忍心看你家败落，咱们分手吧。”冯书生一再忏悔，十四娘说：“让我留下也行，你必须闭门不出、断绝交游、不酗酒。”冯书生满口答应。

十四娘辛勤持家，天天纺线织布，有盈余的钱就搁进钱罐子。

一天，楚公子来了信，十四娘烧了，没告诉冯书生。次日冯书生进城吊丧碰到楚公子，楚公子死拉硬拽邀请冯书生赴宴。冯书生久未饮酒，一时兴起喝得酩酊大醉。楚公子趁机把家里被打死的丫头的尸体放到他身旁，然后关上门走了。冯书生醒来发现尸体大叫起来，而楚公子说他逼奸未遂杀死了丫头，于是把他捆起来送到了县衙。

十四娘得知后，泪流满面地说："我早知道有今天。"冯书生被严刑逼供，打得皮开肉绽。十四娘说，陷阱已经很深，劝他先承认，免受皮肉之苦。

十四娘进监探望别人都看不见，她回来后把自己的丫鬟派了出去，买了个容颜秀美的叫"禄儿"的良家女子。

冯书生被判绞刑，等待秋后处决。快到行刑的日子了，十四娘派出的丫鬟回来了。

没几天，楚公子父亲被革职，案子被重审。不久，衙门将楚公子捉拿归案，将冯书生无罪释放。原来，丫鬟扮作妓女在大同见到了皇帝，称自己的父亲冯书生受了冤屈将处绞刑。皇上详细询问了案情，并作了处理。

过了一段时间，十四娘染病不治，溘然长逝。几天后，丫鬟也不见了。冯书生娶了禄儿为妻，一年后生了个儿子，但是赶上连年歉收，夫妻俩直发愁。忽然，冯书生想起了角落里的钱罐子，打开一看里面是满满的钱，从此他们衣食无忧过上了富裕的日子。

后来，冯书生的老仆人在太华山遇到了十四娘，十四娘还问："冯郎安好吗？"

冯书生语言轻率，给自己带来了灾难。

楚公子给他看自己写的诗，冯书生嘲笑了人家一番。这个失礼的行为让楚公子很不舒坦，由此埋下了嫌隙的种子。按理说，朋友给自己看其诗作，是对自己的信任，应该全面评价：既要指出优点，也要诚恳说出不足。而冯书生只是讥刺缺陷，于是便只能有一个结果，就是伤害了对方的自尊心。

冯书生不仅话语轻率，举止也往往如此。他在楚公子家做客，竟然在话语中暗示：楚公子考取的功名不是靠真才实学，而是靠做官的父亲“走后门”得到的。这话极为不妥，不管楚公子人格怎样，既然自己是客人就应当有客人的礼数，不能随便攻击主人，尤其是在涉及对方“核心利益”的重大问题上。冯书生此举深深刺痛了楚公子，并最终导致自己锒铛入狱。冯书生揭露楚公子“学历造假”的话一出口，四座皆惊，许多客人脸色都变了。这一方面表明楚家势焰熏天，令人生畏。同时，也说明冯书生的话语在客人们看来是极为失当的。

冯书生话语轻率跟思想作风紧密相关，而且他还不时地表露出行为的轻率。例如他在寺庙里老汉家做客时，居然掀开人家里屋的门帘朝里面窥视。对初次登门的客人来说，实属不当之举，无怪乎老汉将其轰出家门。楚公子硬把他拽到家里饮酒时，他早已知晓楚公子的为人，却毫不防范的开怀豪饮，最终将自己推入火坑。

反观辛十四娘，她的话语不多却很得当。例如她从寺庙里出来，只看了冯书生一眼，一语未发就回去了。而跟这位追求自己的先生，她一句话也没说，这是很稳妥的。当老太太让她留下来跟冯书生成亲时，她内心虽然愿意，却说要回去禀告父母，这也非常得体。

十四娘的行为更是沉稳、有心计。她嫁到冯家后，只要支出有结余就放进存钱的大瓮里。她多次告诫冯书生，不要跟邪恶奸佞之辈交往，且态度非常坚决。倘若冯书生把十四娘的话听进去一半，必无此场劫难。

冯书生身陷囹圄后，辛十四娘泪流满面地说：“我早知道有今天。”这话一语中的——思想作风决定命运。平日里的思想作风会带领人走上不同的人生之路，把人引向不同的命运。

明代方孝孺在《棠溪书舍记》里说：“慎言，笃行之一事耳。”“慎言”指出言谨慎，“笃行”指纯正踏实的行为。这句话可以理解为，出言谨慎是做到行为正派、稳重必不可少的一环。由此可见，言语轻率必埋祸根。

在言语交际中，要时刻注意自己的话语是否会伤害对方。俗话说：“恶语伤人六月寒。”意思是，听到挖苦或诋毁自己的话，即使炎炎夏日也会觉得寒气刺骨。现代生活中，口语交际频繁，交际对象多样，人们常常在没有准备的情况下仓促与人交谈，因此绷紧“不伤害对方”这根弦儿尤为重要。如无此观念，在说笑中常会不知不觉伤及听话人并导致负面效果，而自己还丈二和尚摸不着头脑，就像因言语轻率而入狱的冯书生一样。

56.《胡四相公》
——深挚友情，胜过亲情

张虚一是山西学政张道一的哥哥。他性情豪放不羁，听说某个宅子有狐仙，就前往拜望。狐仙请他喝茶，说自己姓“胡”，排行第四，别人叫自己“胡四相公”。随后摆上酒菜，两人边吃边谈，越谈越投契。

此后，双方隔三差五便互相拜访。有一次，张虚一对胡四相公说，城南有个巫婆自称家里有狐仙，并让狐仙给人看病来挣钱。胡四相公告诉他，那个巫婆家根本没有狐仙。张虚一和小狐仙到巫婆家去拆穿了巫婆的假话，巫婆害怕便忙认错，于是张虚一劝导她一番。

张虚一跟胡四相公的交情日益深厚。一天，胡四相公备好酒席向张虚一告别。张虚一问他去哪里，胡四相公答：“我生在陕西，现在要回到那儿去。你以前多次说看不见我，现在就请你见见老朋友，日后也好相认。”张虚一四处张望什么也没看见。胡四相公说：“你打开寝室的门，我就在里面。”张虚一打开寝室的门，只见一位英俊少年坐在那儿，眉目清秀，衣着整洁，但转眼就不见了。胡四相公说：“今天终于实现了你的夙愿了。”张虚一不忍分离，胡四相公说：“人的聚合自有定数，别太放在心上。”随后用大杯劝酒，一直喝到半夜，张虚一沉醉，胡四相公打着灯笼送张虚一回到家里。张虚一早上一起来就去探望胡四相公，但胡四相公已然离去，只剩下冷冷清清一座空房。

后来，张虚一的弟弟张道一改任四川学政。此时，张虚一仍很贫穷，便去四川找弟弟希望获得资助，但希望落空了。他只好灰心丧气又无可奈何地往回走，边走边在马上叹息。

忽然，来了个骑黑马的少年，衣着华丽，风度潇洒。于是，两人攀谈起来。少年问他为何不高兴，张虚一说了情况，而少年则好言劝慰。两人同行一里多路后来到了岔路口，少年拱手告别，说：“前面路边站着个人，会把你的老朋友送的东西转交给你，请你笑纳。”张虚一想问个究竟，少年打马奔驰而去，而张虚一有点儿莫名其妙了。

走了二三里路，张虚一果然看见路边站着个老年仆人，只见他手里拿着个小竹箱，一边递给张虚一一边说：“这是胡四相公敬送给先生的。”

张虚一这才恍然大悟过来。他接过小箱子，打开一看里面是满满的一箱银子。当他抬头想问问老仆人，但老仆人已经不见了。

张虚一跟胡四相公认识之后，两人经常聚谈，隔三差五还在一起吃饭聊天。在多次接触中，越谈越近乎，话语越来越投机，于是他们成了一对志趣相投的朋友。时间久了，双方结下了深厚的友情。

胡四相公走的时候张虚一依依不舍，而胡四相公也不忍分离。

人心意的沟通，是一种心灵的对话，而心意相契合是最难得的。这样的朋友，是最相知的朋友，也是最难得的朋友。即使张虚一和胡四相公一个是人一个是狐仙，然而志趣相投仍然使得他们成了挚友，成了莫逆之交。

《隋唐演义》第三十七回中说，秦叔宝跟徐懋功“两人意气相合，抵掌而谈者三日”。可见，意气相投时互相间会有说不完的话，即使再有三日恐怕也说不完。

意气相投的朋友，合作起来往往不用多话就能意领神会。如果一方有了困难，另一方自然会慷慨解囊。

张虚一的弟弟到四川做了高官，但这时张虚一仍然贫穷。他到四川找到弟弟想得点帮衬，不料弟弟不顾念骨肉亲情而没伸手相助。对如此世态炎凉，张虚一感慨万千，只得一边骑马往回走一边叹息。

恰在此时，昔日的朋友胡四相公出手相助并赠送给他一箱银子。这一下，彻底解决了张虚一的困难，使得他此后日子步入了坦途。亲弟弟不伸援手形同路人，而分隔在阴阳两界的朋友却出手扶助，这种现实的反差令张虚一感叹，也令读者感慨。故事在这里形成了强烈的对照，也给读者一个启示：有时候，好朋友胜过亲骨肉，真挚友情胜似亲情。

在现代生活中，人们的交际圈越来越大，但要清醒地意识到：在众多朋友中，能在自己困难时伸手相救的才是“胡四相公”那样真正的朋友，而这样的朋友遇到难处时，自己也应大力相助而不能袖手旁观。

57.《阳武侯》
——勇于担当的人，也是有机遇的人

阳武侯薛禄是山东人。他的父亲非常贫穷，给人家放牛为生，而他父亲放牛时发现有块草地里常可以看见蛇跟兔子打架，觉得这里非同寻常，风水好，就跟主人要了这块地做墓地，并在那儿盖了间茅屋住下了。

几年后，薛禄母亲在这儿生了他。他出生的时候正在下雨，从这儿路过的两位官员看到一群乌鸦用翅膀给茅屋遮雨，认为这屋里生的孩子一定非常尊贵。

薛禄长大后却并不聪明。在薛禄十八岁时，军队来征兵让薛禄的大哥去服役，但大哥不想去而直发愁。

此时薛禄尚未婚配。他跟哥哥说，如果能将丫鬟嫁给他，愿意替哥哥充军。哥哥听了非常高兴，马上就把丫鬟嫁给他。

薛禄带着新婚妻子去戍守的地方。

刚走了几十里路，忽然天上下起瓢泼大雨，见路边有块巨大的岩石，薛禄两口子忙躲到岩石下避雨，直到雨停了两人才出来。他俩刚离开，那块岩石就滚了下去，有人看到两只老虎从岩石里跳出来附到了两人身上。从此，薛禄变得非常骁勇善战，并具有非同寻常的力量。在战斗中他屡立战功，最后被封为阳武侯。

在古代，当兵往往意味着远离家乡、远离亲人，甚至会死亡或者受伤变成残疾人，因此人们多不愿意当兵。这年征兵正好该薛禄的大哥去，大哥非常不乐意，特别发愁。

薛禄刚好十八岁。他主动提出顶替哥哥从军，哥哥当然非常高兴。如此看来，薛禄是个敢于担当的人。

薛禄因为敢于担当，从而也就获得了难得的机遇。

首先，他的哥哥把丫鬟嫁给了他。这在薛禄是个大喜事。因为薛禄性格憨厚，有的人便说他“傻”，故而一直讨不到媳妇，而他答应替兄参军，娶妻的事情立马获得解决。

其次，薛禄在战场上作战勇敢、屡建战功，因此不断升迁，最后做了阳武侯，并且这是个世袭的官位。薛禄成为一名高级将领，他的妻子成了将军夫人。

设若当年薛禄不敢担当，不去替兄从军，这两个机遇便都会与他擦肩而过，而他此时可能还在乡间种田或者放牛呢。

敢于担当者也会获得机遇。敢于担当的人，是获得机遇更多的人，这种因担当而得到的机遇会改写人生。

在现代生活中，常常面临一种选择，就是面对某个重担是承担还是躲避。重担自然不好挑，挑重担行走时必然会遇到沟沟坎坎，或者泥泞难行或者歧路亡羊。然而，正是在这种艰难的窘境中磨炼了意志、锻炼了才能，从而提高了自己。可以说，重担也是机遇。勇于担当，必有机遇；不敢担当，就只能在旧路上盘桓。

58.《秦生》
——不抵制诱惑，后果不堪设想

山东莱州的秦先生自己配制药酒，一次在酒里错放了有毒的药物，但他舍不得倒掉，封存了起来。

一年后，秦先生想喝酒手头又找不到，想起了那瓶封存的毒酒。他将酒瓶启封后闻了闻，一股浓郁的酒香飘溢出来，馋得他垂涎欲滴、不能自已。

秦先生拿起酒瓶想尝点儿，妻子苦苦劝阻。秦先生说：“痛痛快快地被酒毒死，也比被酒馋死强。他喝了一杯不过瘾，拿过瓶子还要斟，妻子急了把酒瓶打翻，酒洒了一地，而秦先生居然趴在地上像牲口那样喝了起来。

过了一会儿，秦先生开始肚子疼痛，后来疼得说不出话来，到半夜便一命呜呼了。妻子号啕大哭，买来棺木准备入殓。

第二天晚上，忽然来了个美女，个子很矮，不满三尺。她走到灵床前，把手中杯子里的水给秦先生灌了下去，一会儿工夫之后秦先生竟然慢慢苏醒过来了。妻子高兴极了，两口子一起叩头拜谢。他们问美女是谁，美女回答：“我是狐仙。我丈夫到陈家偷酒喝醉死了，我把他救活了。回家路过这儿，看到这位先生也是醉死了，丈夫就让我用剩余的药水来救他。”说完，美女就不见了。

秦先生酒里的毒物是他自己放的，也就是说他明知有毒却还要喝，这并不是秦先生糊涂，而是有主客观原因的。

从主观上说，这天他很想喝酒，家里此时正好找不到一瓶，所以有点难受。从客观上说，那瓶有毒的酒放了一年了，打开盖子后酒香异常浓烈、极为诱人，而秦先生又是个嗜酒如命的人，于是便忍不住喝了一杯。这杯下肚之后，他就再也无法控制自己了，还想再喝却被妻子把酒瓶打翻，他竟然趴在地上啜饮起来。从他趴在地上喝毒酒的丑态来看，已表明他这时已被饮酒的欲望完全控制而难以自拔了。

对于这酒，关键是不能喝第一口。他不顾劝止，喝下第一口之后欲念的闸门便悄然打开，此后一切便完全失控了，秦先生也终于在酒的毒性戕害下步入了黄泉。

不抵制诱惑，一败涂地。在现代社会中，有些事情绝对不能迈出第一步，例如“黄、赌、毒”以及其他各种违法的事情。此类事一旦开头便很难杜绝，特别是对年轻人而言。因此，必须有人生底线，这条线就是保护自己一生平安的安全线。

这篇故事还告诉我们，面对诱惑不能抗拒的不是少数。秦先生死后，狐狸精来救他，而这个狐狸精的丈夫也是醉酒而死的。狐狸精多聪明啊，竟然也栽在酒香的诱惑上了，可见提醒人们注意抗拒诱惑多么有必要。

《水浒传》里在黄泥冈上押送生辰纲的人们，明知这一带强人出没，仍旧喝下了掺有蒙汗药的酒，而且是主动喝的，但他们也有主客观原因：天热、劳累、口渴难耐，恰好有卖酒的，并且亲眼看见有人饮用无事。这两方面因素凑到一块儿，终于落入吴用的圈套。

因此，当主客观因素同时具备时，一定要特别警惕某种诱惑，尤其不能抱着侥幸心理“小试”一下。如果像秦先生那样只要给欲求开了个小口，它就会变成滔滔洪水无法阻挡，而一旦出现秦先生那样伏地而饮的境况，灭顶之灾也就不远了。

有决心抵制诱惑的人，有迎接新生活的希望；没决心的只会像秦先生一样继续沉沦、受害，直至病入膏肓。

59.《武孝廉》
——忘恩负义者，必无好下场

石某是个武孝廉，他带着钱去京城打算谋求官职。当走到德州时，他忽然得了重病不停咯血，只能躺在船上休息，而仆人趁机卷走银钱逃之夭夭。

船家正想把他丢弃，有个妇人愿让石某上她的船，船家立即把石某送了过去。这妇人四十来岁，穿着华丽，风韵犹存。妇人给他喂药，还做了许多好吃的给他。一个月后，石某大病痊愈。石某对妇人万分感激，像对母亲一样敬重。妇人说，自己单身一人，若不嫌弃，愿做石某妻子。石某三十多岁，丧偶一年，听了这话喜出望外，便跟妇人结为夫妻。妇人拿出积蓄，让他去京城求官，归来后夫妻再一块儿回家。

石某在京城用妇人的钱谋得本省军事长官职务，并花百两银子重新聘了一位王氏为妻，然后绕开德州还乡赴任了，且一年多了也不与妇人通音信。

石某的表弟到德州办事住在妇人家附近，妇人向他打听石某近况，表弟如实相告，妇人愤怒。表弟同情妇人，建议妇人写封信由自己转交石某，妇人依言而行，但石某接到信却毫不在意。

又过了一年，妇人来到石某衙署，小吏通报后石某仍拒绝相见。几天后，石某正在府内举行宴会，妇人闯了进来，斥责道：“薄情郎，你好快活啊！你想想你的财产地位是怎么来的?！你想娶个小老婆跟我商量又有何妨?”石某吓得面色如土，一句话也说不出，忙跪下磕头请求宽恕。妇人这才渐渐消气。

石某让王氏去见妇人，并要求王氏以“妹”自称。妇人说：“妹妹别怕，我不是蛮横嫉妒的人。他做的事实在不近人情，妹妹你也不会愿意有这样的丈夫。”王氏听了事情经过也很气愤，两人轮流斥责石某。他无地自容，一再表示改过自新。

石某责备看门人把妇人放进来，看门人说大门一直紧闭，石某也不敢问妇人。妇人很贤惠，不跟人争执。王氏对妇人也十分敬重，每天清早还来请安。

妇人待下人宽厚，但明察秋毫。石某的官印忽然丢失了，全府上下慌作一团，妇人笑道：“把井里的水淘干就有印了。”人们果然在井里找到官印，但妇人却未透露是谁所为。

妇人与王氏和睦融洽。一次石某因公事晚上未归，妇人与王氏一起饮酒，妇人醉了躺在床上变成了一只狐狸，王氏给她盖上了被子。

石某回来后，王氏告诉了他这一“异事”。石某听后要杀妇人，王氏阻拦道：“就算她是狐狸精，哪里对不起你?”石某不听劝阻去取佩刀。妇人醒了，叱责石某：“你是蛇蝎的行为、豺狼的心，我不能跟你再住在一起了，以前给你吃的药也都还给我。”说罢朝石某脸上唾去。石某感到冰一样的凉意，然后喉咙发痒把以前吃的药丸吐了出来。药丸仍然完好，妇人拾起药丸愤然离去。

石某半夜旧病复发，咯血不止。半年后，一命呜呼。

妇人对石某有三件恩惠：

第一件是救命之恩。石某在船上奄奄一息，船主人正想把他扔到岸上的时候，妇人出手相救让他住在自己的船上并给他服药，然后才把石某从死亡的边缘拽了回来，从而救了石某一条命。石某完全清楚妇人是自己的救命恩人，故而开始那一段他对妇人像对母亲一样敬重。

第二件是得官之恩。石某是拿了妇人的钱，才得以在京城周旋成功，获得本省军事长官的职位。若无妇人银两支持，任何官位也不会落到他身上。

第三件是家庭和谐之恩。妇人对下人宽厚，对续娶的王氏也很包容。同时，妇人又明察秋毫。这样全家和谐，一切事务井井有条，石某也因此才能享受到家庭和睦、其乐融融的幸福。

反过来看石某，他忘恩负义也有三件事：

第一件是得了官位便忘了恩重如山的妻子。石某在京谋到官职后，便把有救命之恩的妻子忘得一干二净。他续娶了年轻的媳妇后绕道回乡，而不让妇人知道自己行踪，并且此后一年也不跟妇人通音信，好像救命妻子完全不存在似的。

第二件是对妻子来信、来找均不理睬。石某的表弟基于义愤让妇人写信并亲手把信交到石某手上，分别一年多的妻子来信了而且是亲属转交的，石某居然无动于衷、置若罔闻，并对妻子的信毫不理睬且一扔了事。后来妻子亲自找上门来，石某大门紧闭将妻子拒之门外，自己则躲在府内寻欢作乐并与众人快乐饮宴。

第三件是发现妻子是狐狸精变的竟然举刀相向。他续娶的王氏说得好：“就算她是狐狸精，哪里对不起你？”其实，妇人不但没有丝毫对不起石某之处，而且是多次、多方面施恩于他，而石某竟然要取佩刀来亲自动手杀死救命恩人。

最后，石某吐出药丸呜呼哀哉，完全是咎由自取。

忘恩负义者难有好下场。在现代社会，也要有知恩图报的意识。对帮助过自己的人，要记在心上，有机会时予以回报。恩将仇报的人，必遭社会舆论谴责，使自己丧失许多机会，甚至像石某一样交上厄运。

60.《水莽草》
——双方相向而行，才能促成和谐

水莽草是毒草，误食后会中毒死亡，然后会变成水莽鬼，而且水莽鬼不能直接转世轮回，必须再有人中了水莽草的毒死去才能被替换出来投生。所以，桃花江一带水莽鬼很多。

祝书生去访朋友，路上口渴，见路旁有个茶棚就走了进去。一个老太太在卖茶，态度殷勤。祝书生闻着茶水有股怪味，没喝，退了出来。老太太叫："三娘，端一杯好茶来。"于是，有个少女端了杯茶走了过来，只见少女容貌艳丽，戒指、手镯晶莹剔透。闻茶水芳香，祝书生喝了一杯又要了一杯。趁老太太离开，祝书生轻轻握住了少女的手腕并脱下了戒指，少女红着脸微笑，祝书生问她住在哪里，少女说："晚上再来吧，我还在这儿。"祝书生要了一点儿茶叶，带着戒指走了。

祝书生到了朋友家，觉得有点恶心。朋友听了经过，说："这是水莽鬼，我父亲就死在这些鬼手里。"祝书生掏出茶叶仔细看，果然是水莽草。朋友说，那个少女是寇三娘，她是大户人家女儿，相貌出众，几年前误吃水莽草死了，现在已变成了鬼。

乡间认为，被水莽鬼迷惑患病的人，只要找到她生前穿的裤子，煮水喝下去就能痊愈。朋友急忙跑到寇家告诉他们实情，并跪在地上恳请借用少女生前的裤子。寇家得知已经有人吃了水莽草，自家女儿可以转世了，因此不肯拿出裤子。朋友无可奈何地回来了，祝书生气得说：“我死了，也不让他家女儿投生。”朋友把祝书生送回家，刚到家祝书生就过世了，祝母号啕大哭地埋了儿子。祝书生媳妇半年后改嫁了，还留下一个刚满周岁的儿子。祝书生母亲一个人带着孙子过，苦不堪言。

一天，祝母抱着孙子正在悲泣，祝书生忽然无声无息地进来了，祝母不禁吓了一跳。祝书生告诉母亲：“我在阴间听到您的哭声很伤心。现在我在那里成了家，媳妇会来帮您分担家务，您不用难过了。”祝母问儿媳是何人，祝书生说：“我死后找到刚投胎的寇三娘，硬把她拉回来了。现在她已跟我成亲，相处还算融洽。”

过了一会儿，走进来一个衣着华丽、相貌俊美的女子，跪在地上拜见祝母。祝书生告诉母亲：“这就是寇三娘。”虽然不是活人，但祝母心里也得到些许安慰。祝书生让她协助妈妈操持家务，三娘自幼不大会做家务，但处处顺从祝母意思，祝母倒也喜欢。于是，祝书生两口子便住了下来。

三娘请祝母告诉娘家自己在这儿，祝书生不赞同，但祝母还是告诉了。寇家夫妇一听大吃一惊，乘车来看果然是女儿，不禁大哭起来，三娘只得连忙劝慰。

寇家老太太见祝家贫寒有些伤心，三娘说：“我都成鬼了还在乎什么贫穷，而且祝郎母子待我很好，我就在这儿住下去了。”三娘告诉母亲，跟她一起卖水的老太太已经投生了，又转身对祝书生说：“你既然当了女婿，如不拜见岳父岳母，我心里怎么能好过呢？”祝书生这才给寇家夫妻叩首行礼。然后，三娘下厨房代替祝母招待自己父母。

寇家老太太见女儿操劳心里难受。回去后，派来两个丫鬟帮三娘做事，还送来百斤银两、数十匹布帛，平日还不时送来酒、肉。祝家也时常让三娘回去省亲，但住不了几天三娘就说："家里没人，应早点送女儿回去。"有时寇家多留几天，三娘就悄悄飘然自回。寇家给祝家盖了敞亮的高大房屋，室内陈设一应俱全。不过，祝书生却始终没去过寇家。

村里有人中了水莽草的毒死去了，然而不久又醒过来。大家称奇，祝书生告诉人们："是我把水莽鬼赶走的。"有人问："你怎么不找人中毒而让自己投生呢?"祝书生说："我最恨这样的鬼了，再说我现在侍奉母亲很快乐，不愿意投生到别处。"此后，村里中水莽草毒的人家都给祝家送去丰盛酒菜请求帮助，无不灵验。

十几年后，祝母去世。祝书生夫妻非常悲痛，但不接待吊唁来客，只让儿子着孝服迎送来宾。又过了两年，祝书生为儿子娶了媳妇。

祝书生中了水莽草的毒后，朋友请求寇家相助，但寇家认为此种情况利于女儿转世而不愿出手相救。为此，祝书生极为气愤，他痛恨寇家人见死不救。的确，寇家的女儿转世倒不在这一时，而祝书生马上就要面临死亡的威胁，寇家之举确实不当。因此祝书生愤恨地说，即使自己死了到阴间也不让寇家女儿还阳。

这么一来，两家结下了怨气。

但事情慢慢发生了变化：寇家女儿在阴间嫁给了祝书生，而祝书生又带他回到阳间的家。祝书生跟祝母都把寇家女儿看作自家人，也对这个媳妇甚好，而寇家女儿寇三娘也很认同这个家，并跟祝家母子关系融洽。

如此一来，这就给寇家出了道难题。有上次心结，再加上祝家贫穷，寇家两口子不赞成这桩婚事。但生米已经煮成熟饭，何况寇三娘跟祝家母子相处融洽，于是他们也就认同了这件婚事。

寇家女儿在缓和两家关系方面发挥了关键作用。她对父母说，丈夫、婆婆都疼自己，自个儿乐意在这儿生活。寇家便开始转变态度，送女仆及银两、物品，甚至盖房子，并多方面资助祝家。祝书生在妻子的催促下，也最终拜见了岳父母。最后，两家终于冰释前嫌、融洽和睦起来。

可以说，这是双方共同努力的结果。祝母爱儿媳，还把儿媳的事情主动告诉寇家，寇家也一直关照祝家，终于实现和解。

在促进和解上，双方的所有成员都参与进来，每一个人都发挥了积极作用。因此，两家矛盾得以迅速化解，关系很快升温。实际上，这对两家人都有好处，是双赢之举。

这个故事告诉我们：第一，对过去的纠葛要妥善处理，不要因为往昔的芥蒂阻碍当前的携手共进。第二，只有双方都积极行动起来，多做有利于和谐的事情，才能真正实现和睦相处。如若只有一家想和解，那就只是剃头挑子一头热，或者另一家仍对往事耿耿于怀，也就不可能出现故事结尾的大好局面了。

双方都拿出诚意相向而行才能和谐。在现代社会，年轻夫妻都拿出诚意，不随便传话，处处化解矛盾，双方家庭就能融洽相处。

61.《周克昌》
——造假迟早露馅儿

周天仪五十岁了才得了一个儿子，取名叫“周克昌”，因此非常溺爱。孩子到了十三四岁出落得英俊潇洒，但不喜欢读书，常逃学。

有一天，天黑了周克昌还没回来，哪儿都找不到，夫妻俩伤心痛哭。

一年之后，周克昌忽然自己回来了。他说被一个道士骗去了，幸而没被伤害，于是趁道士外出自己逃了回来。周天仪夫妇高兴极了，也不细加追问，还让他继续读书，但发现比以前聪明了许多。一年后，周克昌考上了秀才，当地的大户人家想跟周家结亲，但克昌不愿意。

赵进士的女儿很有姿色，周天仪觉得这桩婚事很称心，不管克昌同意不同意硬把她娶了过来。

儿媳进门后，小两口有说有笑十分融洽，但克昌一直独睡而不跟妻子同床。又过了一年，克昌考上了举人，周天仪更为欣慰。不过，他渐渐老了，希望能抱上孙子，多次对克昌暗示此事，但克昌却反应漠然。克昌的妈妈忍不住了，整天在克昌耳边唠叨。

克昌实在听不下去了，说："我早想离开这个家了，之所以没离开是念及父母养育之恩，现在顺从你们意思的人就要来了。"他说着就往外走，母亲追上去拉住他的衣服，克昌跌倒了。人们一看，地上只有衣服，人却不见了。全家人惊骇不已，猜想克昌或许早已死了，平日所见可能是他的鬼魂。

第二天，又来了个克昌，跟走了的克昌一模一样。他骑着马带着个仆人。自述被坏人骗去卖给一个没有儿子的富商。后来富商生子，克昌很想家，经富商同意后他就回来了。人们问他的学问，跟从前一样不大灵光，于是晓得：这个才是真的克昌，那个考中秀才、举人的克昌是鬼变的。

好在这件事没有外人知道，便让克昌承袭了举人身份，仍做儿媳的丈夫。媳妇对他很亲热，克昌却有些腼腆羞涩。一年后，克昌跟媳妇生了个儿子。

鬼变成的周克昌跟真的一模一样，神形毕肖，连克昌的父母都分辨不出来。他在周家生活一直很顺利，还考上秀才、举人，甚至娶了媳妇。

不过，假克昌也露出蛛丝马迹，例如学习能力远胜真克昌，不能像正常人那样娶妻生子等。但人们没往真假上想，所以一直被蒙在鼓里。即便如此，假克昌也没能长久骗人，只维持了一段时间。当父母一再催促他早生孙子后，假克昌没生育能力，只好溜走。

造假者不管伪装得多么巧妙、逼真，迟早有露馅儿的一天，就如同假克昌那样。在现代社会中，一个人必须靠自己的真本领去谋生，靠各种"造假"行为蒙混过关，例如伪造学历、制造假货等，最终势必原形毕露而受到惩罚。

62.《司训》
——主动“避短”，方免摔跤

有个掌管学校的教官，耳朵聋听不见人说话。他跟一个狐狸精很好，每逢面见上级都带狐狸精去。狐狸精在他耳边把上司的话重复一遍，然后他就知道了，因此上级不知道他耳聋。

过了五六年，狐狸精要离开他去别的地方。临别时告诫他：“你耳朵聋，别人的话听不见，不如趁早辞官回家，免得以后因为耳聋得罪上级官员。”但是，教官把这些话当成了耳旁风。

此后他回答学使的问话常常驴唇不对马嘴，学使想将他免职，他哀求更上一级的官员才勉强留下。

一天，在考场点名后，学使跟教官们闲坐。这时，各位教官从靴子里取出自己推荐的学生名单递交给学使。这位教官听不见别人说话，不知道人家在干什么，没有递上自己的推荐名单。学使问他：“贵学有无要推荐的名单?”

这位教官正在帮亲戚卖房事用品，也藏在靴子里，他以为学使问这个东西，说：“有一种价值八钱的最好了，下官不敢呈上来。”在座官员都暗暗发笑。学使大声申斥他，并将他赶出去，然后免除了职务。

如果这位教官早早听从狐狸精的劝告及时辞职而去，就不会遭受这番羞辱了。

人得明白自己的短处，也需要有“短处意识”，然后方能主动避开自己的短处，避免被动局面出现。教官耳聋不是什么错误，只不过是个“短处”而已，如果及时离去就能避免这个“短处”造成的尴尬。

他贪图俸禄不及时离开，是贪心阻碍了对短处的理性认识和正确决断。只有主动“避短”、主动撤出，才能主动避免伤害。

明晓自己的短处，还有利于看清别人的长处。刘邦说：“夫运筹帷幄之中，决胜千里之外，吾不如子房（张良字子房）；镇国家，抚百姓，给饷馈（供给军饷），不绝粮道，吾不如萧何；连百万之众，战必胜，攻必取，吾不如韩信。”他看到了自己的短处，同时看到了别人的长处，因而善于选贤任能，并使事业获得成功。

深知自己短处，也是一种智慧。

深知自己短处的人，有利于头脑清醒地做两件事：

第一件是积极进行调整。例如调整自己的工作，或者调整自己的主攻方向等。这些“避短”措施，不仅避免了坎坷，也给“扬长”提供了新的舞台。

第二件是促进自己学习。知道自己某方面的“短板”之后，或学习有关知识，或向行家请教，以补上“短板”促进自己成长。

63.《张氏妇》
——对待强悍暴力，应当智取

到南方去的军队经过兖州时祸害百姓，不光抢财物还奸淫妇女。许多妇女都躲在了高粱地里，被士兵搜寻到后糟蹋了。

一个姓张的妇女没有躲进高粱地，她依然留在家里。她夜里跟丈夫在厨房里挖了个大深坑，坑底插上削尖的竹子，坑口铺上秫秸秆儿，上面再铺上席子，看起来像个地铺。

张姓妇女做饭的时候，来了两个士兵欲图强奸她。张姓妇女说："这种事情，怎么能当着别人干呢?"其中一个进了厨房，张氏也跟了进去，并指了指席子让他先上去，而士兵刚一上去就落入了坑底。然后，张氏又取了秫秸秆儿和席子盖上。过了一会儿，门外的士兵进来了，听见先前士兵的叫声却不知人在哪儿，张氏笑着指；"在这儿呢。"士兵一脚踏上席子也掉了进去。张氏又往坑里扔了些茅草，然后点着了火，房子也跟着燃烧起来了，张氏这才喊人救火。被烧焦的尸体发出了臭味，张氏跟村民解释说有两头猪怕被抢走，藏在坑里被烧死了。

张氏坐在大路边做针线活儿。这里离城很近，时时有士兵骑马往来，过往的士兵也经常说些调戏的话，但由于周围连棵树都没有，更没有其他遮蔽的东西，所以一直没发生什么事情。

一天，来了个极为无耻的士兵，竟然要在光天化日之下奸污张氏。张氏假意微笑，也不怎么拒绝，但是暗中用针刺马，马连蹦带跳起来。士兵就把马缰绳拴在自己腿上，然后拥抱张氏。张氏用锥子猛刺马的脖子，马痛得狂奔而去，拖着士兵跑出几十里才被别的士兵拦住，但是这时马缰绳上只有一条腿，士兵的头和身躯都不知到哪儿去了。

张氏根本不是身强力壮兵丁的对手，如果她与士兵硬拼以保持贞洁，结果不但要受辱而且还会受到伤害，甚至丧命。而采用计策的话情况就完全不同了，如此一来她不仅保全了自身，还消灭了强悍的士卒。

因此，面对强暴的对手不宜硬拼，必须以智应对。只有智取方有胜利的希望，若计谋巧妙、思虑缜密，则会大获全胜。

其实，不但在自己弱小对方强大的时候应以智应对，就算自己一方有相当实力也宜用计。

战国时，赵国被魏国围攻而情势危急，齐国打算出兵救赵。齐国将军田忌采用了军师孙膑的策略，直接攻打魏国首都，并趁魏国回师时伏击魏军，结果大破魏军，而赵国之围也自然解除。

倘若齐军长途奔袭，直扑赵国首都邯郸与魏军面对面交锋，即使获胜也将付出惨重代价。而“围魏救赵”则完全两样：伏击时以逸待劳，魏军则疲惫不堪，故而齐军以微小代价取得重大战果。

面对强悍对手，像张氏那样讲求策略才能获胜。

例如，年轻人在受到领导、权威人士或老师的批评而自己又不同意时，不宜强辩。强辩只能使情势更加僵化，而宜避开锋芒暂时接受责难，同时付出努力，并设法用事实说话来验证自己的做法、设想或能力等。这样既保持了良好的人际关系，又使得对方心服口服。当然，如果在实践中证明是自己错了，宜虚心改正。

再如，在竞聘中，除了摆出学历、工作业绩、工作经历等“硬件”外，还应开动脑筋在考查自己的题目上展现出巧妙得当、与众不同的答案，这样方令评判者耳目一新，必然更有胜算。

64.《织成》
——有真才实学，方令人信服

柳书生考试落榜回家，醉倒在船上。忽然音乐声大作，有人拉他，他又躺下，然后人家就不管了。他闻到香味，发现船上来了好些美女，被叫作“织成”的美女正好站在他身旁。他看到织成纤细的小脚，不禁用牙咬住她的袜子，织成一迈步便摔倒了。武士把柳书生捆绑起来要推出斩首，这时他看到了一个头戴王冠的大王，说：“洞庭君姓柳，我也姓柳；洞庭君曾考试落第，我也刚落第；洞庭君遇到仙女成了神，我遇到仙女却要被杀头，命运为何如此不同啊?!”

大王问：“你是落第秀才吗?”柳书生答：“是啊。”大王命人拿来纸笔，让他以“风鬟雾鬓”为题作一篇赋。柳书生虽是襄阳有名的才子，但构思较慢，故而迟迟没有动笔。

大王讥笑他：“名士怎么如此表现呢?”柳书生放下笔，说道：“当年左思作《三都赋》十年才完成，可见文章贵在写得好而不在写得快。”大王微微一笑。

他从早上一直写到中午才完稿。大王阅读之后非常高兴，赞赏道：“真不愧是名士啊!”并请他就座饮酒。

柳书生起身告辞，大王赠送他十斤黄金和一把水晶界尺，说："若在湖上遇到灾难，界尺可保无虞。"说罢，大王率众而去。

柳书生乘坐的船忽然遇到大风浪，他拿着界尺端坐船上，大风浪一到船边就平息下来，而柳书生的船就这样一直安全行驶着。

柳书生有事去武昌，得知一老妇卖女儿给千两银子都不卖，只有谁有跟她一样的水晶界尺才卖。柳书生揣着界尺去了她家，见女孩儿美貌无比，于是动了心，他拿出了界尺，跟老妇的一模一样，大小长短也丝毫不差。老妇让他留下界尺去租车来接，柳书生犹豫没留，老妇说："我会为了把界尺逃走吗?"他只好留下界尺。

等他租车来时，老妇已经不见了。问遍附近的人都说不知道，柳书生沮丧地往回走。忽然迎面来了辆车，老妇人在车上打招呼："柳郎怎么来迟了？我知道你是来武昌办事的也不方便，干脆把女儿送到你船上了。"说罢走了。

柳书生急忙赶回船上，果然看到女孩和一个丫鬟。柳书生见女孩儿穿的袜子和鞋跟上次见到的织成的鞋袜完全一样，感觉很奇怪。再一看，袜子上还有牙印儿，忙问："你是织成吗?"女孩儿告诉他，上次柳书生在船上遇到的是洞庭君。洞庭君很欣赏柳书生才华，便想把织成许配给他，但织成是王妃丫鬟，所以洞庭君回去跟王妃商量了一下，这次织成是奉王妃之命而来的。

柳书生跟织成成亲后，每年夫妻二人都要来洞庭湖朝拜一次。

柳书生说自己跟洞庭君一样也是"姓柳""落第""遇仙女"后，仅获得了改变处境的机会，并没有真正获得命运的转机。虽然听了这些"套近乎"的话有一定好感，但洞庭君真正看重的是真才实学。

于是洞庭君命题作文，让他展示自己的真本领，这显然是在考查柳书生。柳书生半天没写一个字，洞庭君误以为他不过是徒有虚名而已。但是，当柳书生拿出作品之后，他的境遇彻底改观，从阶下囚变成了座上客。显然，柳书生条理清晰、逻辑性强、文采飞扬的文章令洞庭君钦佩、赞赏，柳书生用“绝活儿”打动了洞庭君，从而改变了自己的命运。

如果柳书生只是头上戴着“名士”的帽子，写的文章寡淡无味，照样会为洞庭君所不齿，也得不到青睐，更不会成为嘉宾，遑论资助黄金、赠送水晶界尺、赐予美女织成了。

估价人的价值，最终还是看真本领。

《聊斋志异》作者蒲松龄在科举道路上挣扎了大半生，年逾古稀才得了个“岁贡生”的头衔，数年后便与世长辞。他可谓一生科举失意，然而他撰著的《聊斋志异》却成为中国古代文学史上一部杰出著作，他的名字也因此千古流传，谁又会因为他的科场失败而说他没有真才实学呢？

有人说，历史上的状元大多无大能耐，除了文天祥之外。也许这话有点过头，但是有笃实的学识和解决问题的实际才能，最终才能立足于某一领域，则是为无数事实证明的铁律。

高学历，往往只是一块敲门砖。在工作中，究竟谁做得更好，还要看实际才能。单位里，往往学历高的不一定做得最好，而学历稍低的则可能超越前者而出类拔萃。在实践中锻炼和学习，不断提升自己的能力，是最佳的“进身之阶”。有了柳书生那样的“绝活儿”，自然能抓住宝贵机遇。

65.《王者》
——贪官迟早被吓死

湖南巡抚派州佐押送六十万两军费赴京，途中在一座庙里住宿时银子丢失，于是巡抚令州佐查寻。一位算命先生说知道银两下落，带州佐走了五天后来到了一座城市，并指点他进了一座府邸，然后州佐被邀住下。

第二天，州佐被领进一座衙门见到一个大官。州佐急忙跪地拜见，大官说："银子都在我这儿，这么点东西你们巡抚慷慨赠送给我也不是不可以。"州佐说："我回去空口无凭，怎么给巡抚交代啊？如果是这样，我就要被杀头了。"大官交给他一个大信函，说："你拿此信回复，必平安无事。"

州佐回去后把信函交给巡抚，巡抚接过信拆开阅览，还没看完已然面色如土。对州佐说："嗨，银子不过是小事，你先出去吧。"巡抚急令下属各地官员补齐银两，再次押解进京，这才把事情了结。

几天后，巡抚一病不起，不久便死了。

就在前一段时间，巡抚跟他的爱妾一起睡觉，醒来后发现爱妾的头发全没了，而那封信里就装着爱妾的头发。另外还有封信，说：

"你从一个小县令做起，现在做了这么大的官，收受的贿赂也不计其数，而上次的六十万两银子我已经查收入库，你应该用自己的赃款补齐这个数目。割下你爱妾的头发，是对你的一点小小的警告，如果不遵听命令，早晚来取你项上人头。现在附上你爱妾的头发，算是个证明。"后来，人们到州佐说的地方去寻找，只看到悬崖峭壁。

巡抚是个贪官，他受到了警告。从故事看，这个警告似乎来自神秘的具有某种超凡能力的官员，这个官员或许是阴间的。

不管这个官员是哪里的，都让贪贿无度的巡抚受到了致命打击。特别是塞在信封里的爱妾的头发，更令他毛骨悚然。这表明，警告者的法力超乎常人，而他只有一条路，就是按照信件里的指示去做。

此后不久，巡抚就病死了，显然是吓死的。一个贪官如果被别人抓住把柄是其最大的"心病"，被神界官员揪住不放自然是更大的"心病"。这个贪婪的巡抚整日生活在恐惧和忧心忡忡之中，焉能不病？

《史记·伯夷列传》中说："贪夫殉财。"贪官被治罪处死，是典型的"贪夫殉财"。即使不被发现、治罪，心灵深处整日提心吊胆，其实也是一种惩罚。这种惩罚有时更厉害、更深入骨髓，往往使贪官折寿。

这个贪官被吓死的故事不仅有强烈的嘲讽意味，而且有某种普遍性。这个故事表现出百姓对贪官强烈的憎恶、愤怒和谴责，以及辛辣的嘲弄。

其实，做任何有违道德、有违良心的事，都会落到跟巡抚一样的下场：整日坐卧不宁，提心吊胆。不做失当之事，明知不妥则不为之，始终坚持"走大道"，是捍卫宁静的精神家园的行为准则。

66.《妖术》
——敢斗才能胜

余先生豪爽仗义，喜欢练拳比武，力气也很大。

他在京参加考试，仆人得了病，于是他去找算命的问吉凶。但算命的说仆人没事，而他自己却很危险，然后又说：“你三天之内必定死去，但只要给我十两银子，就可消灾免祸。”余先生不信，没给银子。

第二天深夜，余先生听见窗户缝响，只见从窗户钻进来一个小人，落地跟真人一样高。余先生拔刀一刺未中，那人想变小欲逃，而余先生又用剑一砍，那人便应声而倒了，原来是个纸人。

过了一会儿，一个面目狰狞的怪物穿窗而入。怪物一落地，余先生立即挥剑将其斩为两段，然后又连连猛击，细看是个泥人，已成碎渣了。

余先生继续观察，窗外又传来牛一般的喘息声，有个怪物用力推窗，房屋也跟着震动。余先生冲出去，见一个大鬼跟房檐一样高，脸跟煤一样黑，并向自己射来一箭。余先生用剑拨掉，鬼又射来一箭，余先生闪身躲开，箭穿透了墙壁。鬼拔刀劈来，余先生灵敏迎击。鬼一刀砍在石头上，将石头砍成了两半。余先生砍中了鬼的脚脖子，鬼转身猛剁一刀，而余先生灵巧地钻入了鬼的胯下，鬼的大刀只砍断了自己的裙袍。余先生挥剑狠劈，鬼被刺中倒在地上。他紧接着一阵乱砍，大鬼被砍碎了。待用灯一照，原来是个跟真人一样大的木偶。

余先生悟出这些都是算命先生派来的，是想把人吓死，以证明自己话语的灵验。

次日，余先生跟朋友一起找到算命先生，但转眼却不见了。余先生用狗血一洒，算命先生显了出来，身上满是狗血。大家一起把他押送到了衙门，最后被处以死刑。

余先生面对算命先生的讹诈毫不屈服，他不信邪。算命先生说的“三日必死”在心理上对余先生是有压力的，但余先生顶住了这个压力，因为他明白得到十两银子的酬谢才是算命先生的真实意图。

余先生在抗击算命先生的邪祟袭击中过了三关：纸人关、泥人关、木人关。这三个“人”都是算命先生用纸、泥、木头玩弄的法术，三个人一个比一个厉害，但余先生敢于斗争，最终占据了上风。

余先生在打斗中非常勇敢，多是连续出手，把纸人刺穿，把泥人剁碎，把木人砍烂。余先生又很灵巧，木头人变的体形高大的恶鬼持刀来袭时，他迅疾而巧妙地从鬼的胯下跳过，致使鬼更加暴怒而没了章法，最后反而被余先生刺中。由此可见，余先生在战斗中的表现是勇敢机智的。

余先生之所以敢于跟邪恶的算命先生一争高下，是因为他有武功且经常习武，而他的力气也很大，这些都是他平时积累的进行对抗的基础。如果没有这个基础的人遇到此类恶魔，往往就只会俯首送上银子。

余先生在战斗中还表现出除恶务尽的决心，他击败三个鬼魅后跟朋友们一起直捣鬼怪老巢——算命先生处，并最终擒获了这个邪恶的元凶。余先生还有法制观念，他并未挥刀砍算命先生的头，就像算命先生支使鬼魅对待自己那样，而是立即将其押至衙门处理。

余先生如果没有高超的武功，是不是一定就要屈从于算命先生的要挟呢？也不一定，倘若余先生是个文弱书生，但有顽强不屈的性格，也可以想出各种办法来应对。例如可以找会武功的朋友相助，准备狗血等破除邪祟的物品等。可见，关键还是有没有敢于斗争、敢于拼搏的勇气和决心，只要有了这两样也就有了胜利的希望，而这是比算命先生的纸人、泥人、木人等强百倍的法宝。

不信邪、敢斗争，必走向胜利。

在工作中，认准了理就要“敢斗”。当年试验远程导弹时，一位年轻技术人员力排众议提出被大家“嗤笑”的意见——主张减少燃料，这一建议获得钱学森的支持并最终取得成功，这位年轻人也由此脱颖而出。面对各种“强敌”，只要像余先生一样敢于“斗争”，就能迎来胜利的曙光。

67.《董生》
——戒除恶习，才有好的前程

董书生晚上刚铺好被褥，有朋友来叫他就到朋友家喝酒去了，而在座的医生说他脉象不好。回家后，他发现被子里躺着一个美女。美女说是邻家女孩儿，如今成了寡妇来依附董书生，天冷就躲进了被子里。于是，董书生跟女子睡到了一起。一个月后，董书生消瘦不堪去找医生，医生说他的脉象是“妖脉”，必须禁止房事。董书生躲开那个美女，但梦中他不能把持自己，又跟那个美女发生了关系，如是几次之后终于送了性命。

原来那个美女是狐狸精，后来她又去找董书生的朋友王九思。几天后，王九思昏昏沉沉、身体瘦弱。晚上，他梦见董书生说：“她是狐狸精啊，就是她害死了我。你在屋外点上香，就可免除祸害了。”

晚上，狐狸精又来了，王九思开始拒绝跟她亲热，但最终没把持住。事后很后悔，可就是割不断跟狐狸精的关系。到了晚上，王九思把香插在门上，而狐狸精来了又把香拔了下来。晚上，他梦见董书生责备他不够坚定。

第二天，王九思让家人等自己睡下后把香点上，狐狸精在床上吃惊地说：“怎么又点上了？”于是，她起来把香掐灭了，然后家里人发现后又再次点上。狐狸精叹息道：“你的福气真大啊，我害死了董书生又来你这里，实在是个错误。”狐狸精从床上下来倒在地上死了，现出了原形，的确是一只狐狸。

王九思这场病很重，慢慢调养，半年后才好。

董书生在美色诱惑面前不能自持，故而丢掉了性命。他到了阴间懊悔不已，便将自己的教训告诉了好友王书生。

其实王书生也是“恶习难改”，内心挣扎多次但还是很难抗拒诱惑。最后，他还是在家人的帮助下才赶跑了狐狸精，保全了自己的性命。

两个书生的不同结局，与是否能戒除恶习密切相关。董书生不能戒除，送了命；王书生最后勉强抵制住诱惑，这才改变了厄运。王书生是在家人的帮助下获得成功的，可见根除恶习常常需要外力的推动，也就是说需要家人、朋友的襄助。自己有不良习惯，例如抽烟、嗜酒，亲属和朋友的规劝应当放在心上。如若不当回事，依旧故我，必然给自己的身体带来更深的危害。只有像王书生那样听从家人劝诫并祛除“痼疾”，然后才能摆脱恶习开始新的生活。就此而言，王书生是好样儿的，值得效法。

《红楼梦》中的贾瑞跟董书生一样，也是经不起诱惑而丧命的。不过贾瑞不是像董书生那样在梦中抗拒不了诱惑，而是在照镜子——风月宝鉴的时候送的命。贾瑞的故事跟董书生的故事都具有惩恶劝善的意味，然而董书生比起贾瑞来似乎要好一些，因为他还知道后悔，还想帮助朋友摆脱狐狸精的纠缠。这一点，是贾瑞所不及的。

西晋的周处少年时任性好斗，家乡父老将他跟当地的蛟、虎并称“三害”。后来周处斩蛟射虎发誓改掉恶习，成为受乡邻欢迎的人，人们都说是他除掉了“三害”。所以，根除恶习者不但是受欢迎的，更是在心灵上和命运上拯救了自身。

如果恶习不改，只会永远在黑暗中沉沦。

68.《海公子》
——有备无患，制胜关键

张书生听说古迹岛上风景优美，一年四季鲜花盛开，便独自驾船前往。岛上果然风景宜人，张书生流连忘返，十分惬意。

他正坐在地上自斟自饮欣赏风光，忽然走来一个漂亮女子，说："我自以为兴致不凡，没想到还有比我兴致高的。"张书生问她从何而来，女子说自己是胶东人，刚从海公子那儿来，海公子漫游去了，自己走不动就留在这儿了。

张书生招呼她坐下一起用餐，女子话语温柔婉转，令张书生心荡神驰。他渐渐跟女子亲热起来，两人依偎在了一起。忽然狂风大作，女子推开张书生说："海公子来了！"张书生四顾寻找，女子已经不见了。

这时一条大蛇从树丛中蹿出，张书生急忙躲到树后。大蛇眨眼间到了，将他结结实实缠绕在树上，使得张书生动弹不得。

大蛇用舌头刺破他的鼻子，血流到了地上，然后蛇低头开始喝血。

张书生无计可施，料想自己必死。忽然想起腰间荷包里有毒杀狐狸的药，就用两根手指把药粒夹出，捻成末儿搁在手心，用手接鼻子滴下的血。蛇到掌心来吸血，还没吸完就身子猛烈地摆动起来并把树都撞断了，随后倒在地上再也不动弹了。

过了好久，张书生才缓过劲儿来。他把蛇搬上船运了回去，而自己也大病一场，一个多月才慢慢恢复过来。他料想那个女子也是蛇精。

张书生被大蛇死死捆绑在树上一动也不能动，大蛇在吸吮他的血，张书生生命垂危。

就在这最关键的时刻，他想起自己荷包里有毒杀狐狸的药，于是设法取出药粒弄成药末儿放在手心，然后用手接鼻子的血。不出所料，大蛇来吸他手中的血后立即中毒身亡。

荷包里备的药救了张书生的性命，而当初他在荷包里放药的时候，就是预防在外面发生意外时使用。可见，张书生是有一定防范意识的，也正是这平日里的一点防范意识挽救了他。

有防范意识，就有反制手段。

不过，张书生这次来岛游玩防范意识却不强。忽然来个单身女子，而且主动跟他搭讪，他却毫无防范心理，若无平时准备的药则必死无疑。在都市生活中，人们常会碰到陌生人提供给你的生财之道，推销员让你去领白送的保健品，有人请你试用对身体有好处的治疗仪，以及在家里接到各种涉及钱款的电话等，对这些自动找上门的“好事”都必须有防范意识，它们大都是坑害百姓特别是老年人的陷阱，而无防范意识者最后皆吃了大亏。在社会生活中，须时刻留意“有利可图”的“机会”往往是覆盖在陷阱上的花环，宜提高警惕反复检验，以免上当。

《左传·襄公十一年》说：“《书》曰：‘居安思危。’思则有备，有备无患。”意思是说，人在平安的时候，要考虑到可能出现的危险。只要想到了就会有所准备，就像张书生那样才不致手足无措、陷于被动，甚至绝境。

有所准备，是冲破绝境的法宝。

69.《丁前溪》
——不忘曾扶助自己的人

丁前溪是诸城人，家中富有，仗义疏财，好打抱不平。

有一次，他早上路过安丘遇上大雨，就坐在一家客栈门内暂避。到中午雨仍不停，客栈的少年用丰盛的饭菜招待他。晚上雨还在下，丁前溪就住了下来，店家安排的住宿、饮食和牲口的草料都很周到。丁前溪问店家姓名，少年说主人姓杨并喜欢交往，但外出了，只有女主人在，而自己是侄子。主人家中贫穷，靠开设小赌场糊口，如果照顾不周请谅解。

次日依旧下雨，店里照顾不错，但牲口草料长短不齐，前溪有点奇怪。少年说，家中因贫困已无草料，这是从房上揪下来的茅草。

丁前溪走时，店家不收费，说不靠这个吃饭，主人外出回来也常带不回一文钱。丁前溪很受感动，告诉店家自己姓名地址，欢迎主人去做客。

几年后闹饥荒，杨家极端困顿。杨妻劝丈夫找丁前溪周济，丈夫便到了诸城。守门的通报后，丁前溪怎么也想不起是谁，后来听守门的说了安丘旅店的事才恍然大悟，于是赶紧迎了出来，只见杨先生衣衫破烂、疲惫不堪。

前溪立即设宴盛情款待杨先生，给他赶制了衣帽鞋袜。杨先生很感激，觉得丁前溪讲义气、够朋友，但是一想起家里的艰困又愁容满面，希望能接济点儿钱好马上回家。

杨先生住了几天，见主人没有送别的意思，终于忍不住说："我在这儿受到热情招待当然高兴，但实不相瞒家中存米不满一升，所以很发愁。"丁前溪说："你别着急，都给你办妥了。再住几天吧，给你凑点路费。"

前溪招来不少人赌钱并让杨先生抽头，一晚上杨先生便得了百两银子，前溪这才送杨先生返家。

杨先生回到诸城，发现全家穿戴整齐、焕然一新，而且家里还有丫鬟，他大为惊奇。妻子告诉他："你走后第二天，丁家就送来布匹、粮食堆了满满一屋，还送来个丫鬟供我使唤。"

杨先生激动不已，杨家从此步入小康生活，再也不开小赌场了。

杨先生是个至诚待客的人。他自己家里比较贫穷，只能勉强糊口，但对待客人却非常诚恳，并尽力让客人吃、住舒心。家里连喂牲口的饲料都没有了，仍想方设法满足客人需求，竟然拆掉自己房上的茅草来喂客人的马，而更令人意外的是客人走时尽然分文不收。

杨先生平时靠开一个小赌场来维持生计，喜欢交友。他有时出去给朋友帮忙，常常一文钱也带不回来。在他看来，帮他人、帮朋友比什么都重要，这就是他的信条。他这种作风已经形成了一种家风，所以杨先生不在家时，家人对丁前溪依旧像平时一样热心肠。

丁前溪在杨家客栈住着的时候，对店家的周到服务感觉很享受。后来得知店家抽取房上的草来喂客人的马，还以为店家是图钱，及至杨家人表示坚决不收费用才了解了主人心意，遂大受感动。

丁前溪虽然一时动容，但几年之后渐渐把这件事淡忘了。杨先生来时，他甚至想不起来对方是谁。但是，当得知来人是当年安丘客栈主人时，立即出迎并热情款待，还派人马上出发把粮食和布匹送到了杨家，而这一切他对杨先生只字未提。

丁前溪还为杨先生今后的日子打算。他知道，要改变杨先生家的贫困状况必须有一笔资金，这样杨先生才能购置土地或做生意。他自己一时也拿不出这么多，于中便招人赌钱让杨先生抽头，很快给杨先生聚敛了上百两银子，然后才送杨先生回家。丁前溪知道，杨家在贫寒艰困的处境中能至诚待人，这是最可贵的。

在艰难困苦中不计得失、不思回报、真诚助人者，是有德之人，是值得信赖的人，不应忘记。在生活的浪涛中，人们会得到某个同事、朋友的热情帮助，有时这种帮助颇令人感动。但时间久了，在职场拼搏的人们不免会淡忘昔日可贵的援手，我们应该记得曾伸手扶助自己的人，虽时间久远也不应遗忘。即使不能像丁前溪那样回报恩人，也应有所表示、有所问候。

70.《张老相公》
——贪得无厌送了命

张老相公是山西人，因为给女儿购置嫁妆，携家一起去江南采购。到镇江的金山时，他有事先乘小船过江，行前特别嘱咐家人不要在大船上炒肉或煎鱼，因为这一带江里有个鼋鱼精，闻到香味会将船掀翻后吃掉行人。

张老相公走后，家里人忘记了他的叮嘱在船上烤肉吃，结果鼋鱼精掀起巨浪把船打翻，张老相公全家人落水遇难。

张老相公乘小船回来，见妻子儿女丧生，痛不欲生，恨不得立即报仇。他登上金山进了金山寺，向僧人询问鼋鱼精的事情。僧人告诉他："我们整天待在这儿，对它怕得不得了，像神一样供奉着，经常宰杀猪羊往江里投，只要猪羊一抛到江里，鼋鱼精便立即跳跃起来吞吃下去。好厉害啊！谁敢跟它作对啊？"

张老相公听了这些话沉思不语。忽然，想出一个报仇的好办法。他雇了几个铁匠，在金山半山腰上砌了一个炼铁炉，炼出了一个一百多斤重的大铁块。随后他打听清楚鼋鱼精经常出没的地方，找了几个身强力壮的大汉，用大钳子把铁块夹起来丢到了江里。鼋鱼精看见了，以为又献猪、羊，立即扑上来一口吞下，然后江上波涛涌起如山，不久之后才慢慢恢复了平静。这时，人们望见江面上漂浮着鼋鱼精的尸身，过往的行人和金山寺的僧人都无不为之欢欣雀跃。

后来，江边修建起一座张老相公祠堂，塑了他的像把他当水神常年供奉着，有事祈祷还挺灵验。

张老相公不仅义愤填膺，而且复仇决心很大。他先上山向熟悉当地情况的和尚了解鼋鱼精各方面状况，终于从中找到了战胜这个恶魔的法子。

有决心，就有办法。

僧人一代一代住在这里，只知道害怕却无计可施，而且还不得不经常向江里投下猪、羊。

家人之所以丧命，是对鼋鱼精的危害性估计不足和掉以轻心所致，故而没把张老相公的嘱咐放在心上，也没按照他的指点去“避害”，最终酿成大祸。所以，谨慎是获得安全的法宝。

鼋鱼精贪婪成性。它住在江里称王称霸，自认为谁都奈何不了它，把谁都不放在眼里，而且两岸百姓必须给他经常上供，否则就要兴风作浪。隔一段时间，就要吞下若干猪、羊，业已成了它的一种习惯，也成了一种定势思维——只要见到江上抛下来大块的东西，就认为是两岸的“臣民”又来“慰劳”自己了。因为这种情况已经持续许久，并且屡试不爽，然后鼋鱼精也就放松了警惕。当看见大铁块落入江中，他以为“慰问品”又到了，上去就是一口，但这次吞下的不是美味，而是上百斤重的铁疙瘩。鼋鱼精挣扎片刻，便一命呜呼了。

“贪心+霸气”的人就像这鼋鱼精一样，在重利的引诱下往往利令智昏，其早晚是死路一条。

71.《耿十八》
——有孝心，也是在救自己

耿十八得了病，并得知妻子在自己死后要改嫁。他死后不觉间走出了家门，看见十几辆小车，每个车上坐着十个人，小车上贴着纸，上面写着十个人的名字。一个押运的人催促他上车，他上去一看，加上自己刚好十人。

一会儿到了一个地方，他听见别人说这里是“思乡地”，又听赶车的说：“今天铡了三个。”细听，人们说的都是阴间的事情，他忽然明白自己已经变成鬼了。他想到老妈年龄大了，妻子改嫁后老母无依无靠又无人侍奉，伤心不已、泪流满面。

车上的人下了车，纷纷往一个高台上爬，这个高台叫“望乡台”。

赶车的人对其他人或鞭打或阻拦，而对耿十八只是催促，他们爬了几十级，终于爬上去了。他看到了自家的宅院，但屋子里隐隐约约的看不清楚。耿十八此时想到母亲，更加悲伤了。

他身边有个短衣打扮的人看他如此哀痛，问他有什么放心不下的事情，耿十八如实相告。那人说自己是东海工匠，他提议一起从高台上跳下来逃走，这样耿十八就能回去照顾母亲。耿十八害怕阴间的小鬼来捉拿，工匠说动作迅速不会有事。

工匠率先纵身跳下，耿十八也跟着一跃。两人落地都安然无恙，所幸没被人发现。来时乘坐的小车还在，他俩担心小鬼会按照名字来追杀，就蘸着口水把车上自己的名字涂掉，然后撒丫子猛跑，虽然气喘吁吁却丝毫不敢停留。

终于跑到了耿十八家，工匠把十八送进屋里，十八见到自己的尸体忽然苏醒过来。他感到疲惫不堪，而且口渴极了，喊着要喝水。

家里人大吃一惊，赶忙递过来一碗水，谁知他喝了还要喝，一碗接一碗，竟然喝了一大桶。然后他站起来好像向身边的谁叩首拜谢，随后把看不见的人送到门外并拱手道别，之后回到屋里躺下了。

家里人被他一连串的怪异动作搞蒙了，又留神观察也没见其他异样。休息了会儿，他才把自己的经历一五一十说给家人。家人问他刚才是干什么，他说是感谢和送别工匠；问他怎么喝那么多水，他说开始是自己喝，后来则是工匠在喝。

家人给他喂些稀饭，过了几天就完全恢复了健康。

耿十八到了阴间，他首先关心的不是自己的财产、仕途等等损失，而是老母的命运。因为他临终前得知妻子在自己离世后将改嫁，那么已垂垂老矣的母亲便没人照顾，其处境将很悲惨。想到这里，他不由得泪落如雨，而这也是他到阴间后唯一担忧的事情。到了“望乡台”，他的担忧加剧，心情更为沉重。

正因为耿十八有这份孝心，所以赶车人对他不像对别人那样又是鞭打又是阻拦，只不过催促他快走罢了。

也正因为耿十八有这份孝心才打动了身旁的工匠，所以工匠决心带着耿十八一起“逃”到阳间。

最后，耿十八终于跟工匠返回熙熙攘攘的尘世。可以说，是孝心救了耿十八。

《宋书·孝义传》记载，晋代的潘综背着父亲躲避匪祸。父亲七十多了，对潘综说：“你背着我跑不快，别管我，你一个人跑吧，不然两人都要被杀。”潘综虽然觉得父亲的话有道理，但仍不舍弃老人家继续背着跑，终于被匪兵追上。有个匪兵要拿刀砍老人，潘综抱着父亲用身体掩护，最后被砍得流血并晕了过去。有个匪兵说：“他舍命救父，难能可贵，杀孝子不祥，万不可杀。”匪兵们救活了潘综，并把父子俩护送回家。潘综若丢弃父亲，路上安全便没有保障，颠沛流离之中处处潜藏危险，前途堪忧。

潘综救父，同时也救了自己。

潘综和耿十八两个人，虽然一个在阳间一个在阴间，一个付诸行动一个只是愁肠百转。但是，他们的心里都把父母放在比自己更重要的位置上，都希望父母平安受到照顾。也正因为如此，两人都安全返回了自己的家。

孝敬父母，其实也是在救自己。有孝心的人在父母离世后心里虽难过，但却是踏实的，而未尽孝心的人清夜扪心自问时，内心深处是得不到宁静的。

秉持孝心，对自己是一剂心灵良药。在现代社会中，一个有耿十八那样孝心的人，同样会得到他人这样那样的帮助，更会收获跟耿十八一样的坦然和安静的心境。

72.《遵化署狐》

——不给悔过者出路，终将伤及自身

丘先生在遵化做道台时，衙署里有许多狐狸精。它们在最后的一栋楼里聚居，每天出出进进，有时还祸害百姓，而且越驱赶越闹得凶。历任官员都有些畏惧，便摆上供品祷告，不敢得罪这些狐狸精。

丘先生上任后，听说此事极为愤慨。这些狐狸精也知道丘先生性情刚烈，有个狐狸精就变成老太婆对丘先生的家人说："请转告丘先生：别把我们当仇人，给我们三天时间，我们一定离开这里。"丘先生听了这样的话也不言语。

第二天，丘先生检阅部队后告诉军队不要解散，命令士兵将各营大炮抬来，很快便围绕后楼摆好了上千尊大炮，然后丘先生一声令下，千门大炮一齐开火。顷刻之间，几丈高的大楼土崩瓦解成了一片废墟，而隐藏其间的狐狸精血肉横飞，从空中纷纷落下，如同下雨一般。在滚滚浓烟中，有一缕白气冲天而去，大家望着天空说："有一只狐狸精逃走了。"从此以后，衙署内平安无事。

过了两年，丘先生派心腹去京城打算找门路升官，行贿的银子藏在某人家里。忽然有个老头到皇宫前喊冤，说妻儿无辜被杀，揭发丘先生克扣军饷、贿赂朝廷高官，行贿的银子现就藏在某人家里，可以马上查证。

官员们押着老头去起获行贿的银子，却在那家怎么也翻不出来。老头用脚点地，官员们会意，就地深挖果然发现银两，而且银子上还刻有“某郡解”的字样。这时，老头忽然不见了。

丘先生因此获罪，被处以极刑。人们这才明白，老头就是当年逃脱的狐狸精。

狐狸精见丘先生来这里任道台，知道他性格刚烈，便主动登门表示愿意离开这里，而且狐狸精还说出了离去的准确时间：三天之后。

这本来是一桩好事，问题可以和平、顺利地得到解决，此地也能够永享太平，狐狸精也得以安然撤走。

但丘先生却不给狐狸精改过的机会，他派士兵用大炮轰击狐狸精住地，致使狐狸精几乎全部葬身火海。这样做的确有些过分，虽然狐狸精在这里作祟多年，但并未伤人性命，故而没有犯下死罪，所以用大炮全部打死是不妥当的。

丘先生似乎没有认识到这一点。他明知狐狸精在三天后会离去，但仍决定在第二天也就是狐狸精离开前一天开炮。

此举使得他跟狐狸精结下了血海深仇，而丘先生似乎对此毫无察觉，也完全不知晓。尽管岁月流逝，但那一双眼睛仍在暗中死死地盯着他。

当丘先生自己犯错误的时候，那只逃脱的狐狸精便从暗处走到了明处，揭露了丘先生的行贿丑行，丘先生因此上了断头台。

当刀落下的前一刻，他或许明白自己不应杀戮悔悟的狐狸精而应网开一面，但已悔之晚矣。

对待已经有悔意的犯错误者，不给改过自新的机会，最终会惹火烧身。这“火”可能来自被处置者，也可能来自内心。所以，不给悔过者出路，终将伤及自身。

在社会生活中，对虽然做了错事但已然悔悟或已表歉意的人，宜有宽容大度的心态，不可揪住不放而一味“追杀”。事情做过了头，就会渐渐发生变化，最终反而害了自己。

73. 《酒友》
——尊重别人，方得到别人尊重

车书生喜好饮酒，每天晚上不饮三大杯就睡不着。

一天晚上，车书生半夜醒来发觉旁边睡着一个人，细看是一只狐狸精。他注意到自己的酒瓶已经被狐狸精喝空了，不觉笑道："这是我的酒友啊！"

于是给狐狸精盖上了衣服，一会儿狐狸精醒来并打了个哈欠。车书生说："睡得好香啊。"再一看狐狸精变成了一个俊美的男子，他感谢车书生没有伤害他。车书生说："我嗜好喝酒，你可以算我的知己。如果不介意，咱们做个喝酒的朋友吧。"狐狸精答应了。

第二天晚上，狐狸精果然来了。于是两人开怀畅饮。狐狸精酒量很大，语言诙谐，两人很聊得来，大有相见恨晚之感。

一次，狐狸精说："多次承蒙你用美酒款待，怎么报答你呢？"车书生答："不过是喝点儿酒，何足挂齿！"狐狸精道："虽然如此，你是个穷书生，家境也不富裕，我得帮衬你筹划点酒钱。"

次日晚上，狐狸精告诉他："往东南走七里，路边有别人丢失的银子，你可以捡回来。"书生按照狐狸精说的去找，果然发现路边有二两银子，书生用银子买回了美酒佳肴。狐狸精又告诉他："你家后院的地窖里藏着银子，应该挖出来。"书生去挖，果然刨出几百两银子。车书生高兴地对狐狸精说："这下咱们有了钱，再不为打酒发愁了。"狐狸精说："不对啊！坐吃山空，钱迟早有花光的时候，你应该从长计议。"

一天，狐狸精对书生说："现在市场上荞麦很便宜，你不妨买下一些，等价钱涨了再卖出去。"书生按照它的主意办了，买回来四十石荞麦，别人都笑话他。不久，碰上大旱，地里的谷子、豆子什么的都枯死了，只有荞麦还可以种。车书生出售荞麦种子，获得了十倍的利润。他用这些钱购买了二百亩土地，从此富裕起来。以后，地里种什么，什么时间种，书生都问狐狸精，然后年年都获得了丰收。

车书生是个嗜好饮酒的人，当他发现狐狸精来喝他的酒之后，非但没有发火，还给狐狸精盖上衣裳怕它着凉。等狐狸精醒来，书生还很和气地跟他说话，最后还建议狐狸精做自己的"酒友"。这一连串的举动和话语，充分表露出车书生对狐狸精的尊重。同时，车书生一点儿也没有把狐狸精视为"异类"，也丝毫无歧视之意，更没有伤害对方的想法。所有这些，都充分表达出车书生对狐狸精的尊重。

狐狸精到有人的地方活动常常是偷偷摸摸的，因为许多人对其鄙视甚至伤害。受到车书生的充分尊重，狐狸精自然感到格外宝贵，而多次饮酒后两人关系也愈发融洽。然后，狐狸精便诚心诚意来报答书生。他先是帮书生找来钱，以方便贫寒的书生打酒，继而又出谋划策让书生真正过上了富裕的日子。

得到这样的回报，是车书生始料不及的，因为他开始只不过想找个“酒友”而已。

尊重别人，会得到别人的尊重，有时还会得到意外的回报。

反之，不尊重他人，便得不到他人尊重，有时甚至会遭到意外的报复。在社会生活中，宜注意尊重各种人，不仅要尊重上级，也要尊重同级的人，尤其要尊重下级。那种对下级颐指气使动辄出口伤人的人，必然在上级面前是一副谄媚的丑恶嘴脸，这样的人最终会得到报应。而那些尊重弱势者的人，必然得到弱势者的尊重甚至回报，就像车书生那样。

74.《雨钱》

——贪图不义之财者，难有真朋友

滨州有位秀才在书房读书，忽然听到敲门声，开门一看是位须发苍苍的老者，相貌衣着都有点儿古怪。秀才请老人进屋坐下，询问姓名。老翁说："我叫'胡养真'，是个狐仙。钦慕你高雅的品行，愿朝夕来往。"秀才心胸旷达，不以为怪，便与之谈古论今。

老者知识渊博，语言生动，见识深刻。秀才十分佩服，留老人住了很长时间。

一天，秀才乞求老人："您对我的厚爱我领了。不过，您看我如此贫困，而您举手之劳钱就能到手，能周济我一下吗？"

老人沉默片刻，说："这个很容易，只要十几枚钱做本钱就行了。"秀才找来铜钱交给老人，两人进入了一个房间，老者开始迈动步子念咒语，突然空中落下几百万铜钱来，就像下暴雨一样"哗啦啦"的声音响个不停。地上铜钱越积越多，竟然淹没了膝盖，拔出腿来又淹没了脚踝，最后足有三四尺厚。

老人问："还满意吧？"秀才道："满意，满意。"老人一挥手，空中不再掉钱了。于是，两人锁上门出来。

过了一会儿，秀才去屋里取钱，发现那么多钱全没了，只有自己那十几枚铜钱散落在地上。秀才很生气，便质问老人为什么骗他。

老者说：“咱们是文字之交，我不想做贼。如果按照你的意思行事，那你最好找盗贼做朋友。”说完就走了。

秀才本来是个心胸开阔的人，对老人是狐狸精并不在意。他跟老人很聊得来，也很佩服老人的学识、智慧。但是在交往中，秀才知道了老人有超乎凡人的能力，不觉触动了自己贪欲的心弦，便想通过老人发点儿意外之财。

这在儒雅、谦和的老人看来是非分之举，因为老人来这里本来是仰慕秀才人品、心仪其嘉言懿行的。不料，秀才竟然一心图财，老人大失所望，觉得这不是自己要找的朋友，于是毅然离秀才而去。假若这位秀才真有难处，老人一定会慷慨相助，但是秀才不是遇到难关，而是希图获取意外之财。

取财无道，会让羞与为伍的朋友离去。

在现代社会中，设若向朋友提议用不道德的手段攫取钱物，那么往往会失掉朋友，就像这位秀才一样。虽然在当今经济社会中，做任何事情都跟钱款相连，但钱财须取之有道，这是世人共识。如果取之无道，势必走上邪路，那么在正路上行走的人又怎敢与之交友呢?

从交友之道来说，向朋友提出某种建议，须考量朋友是否会接受。老人谈吐高雅，品德端正，当然不会助人牟取不义之财。秀才被物欲冲昏了头，全然无视老人人品，因而最终碰壁。

75. 《妾击贼》
——有礼并非无能

益都西郊有位先生很富有，纳了个小妾，容貌十分娟秀。大老婆对小妾很不好，百般凌辱，甚至鞭打，而小妾对大老婆却恭敬、周到。人们都很同情小妾，有的人背地里安慰她，但小妾从未说过抱怨的话。

一天夜里，几十个强盗翻墙而入，他们用力冲撞屋门，几乎把门撞坏。先生和大老婆吓得惊恐万状、浑身发抖，不知如何是好。

小妾见此情形默不作声，只是慢慢在地上摸索，终于摸到一根扁担，然后悄悄拉开门闩猛然冲了出去。她把扁担挥舞得像风声一样呼呼响，一下打倒了四五个强盗。强盗们一看不妙便四处逃窜了，有的爬不上墙摔了下来，痛得哇哇直叫。

小妾一手拄着扁担，笑道："你们这群东西，这点儿本事真不值得我下手，竟然还学着做强盗。我不杀你们，杀了你们这样的还辱没了我，滚吧！"强盗们屁滚尿流地落荒而逃。

先生大吃一惊，问："你怎么有这么大本事？"原来小妾的父亲是个枪棒教师，她学得了父亲的全部武艺，上百人都不是她的对手。

大老婆看到小妾的非凡武功害怕极了，后悔自己早没看出小妾的真本领。从此，她彻底改变了态度，开始善待小妾。

邻家妇女问小妾："你打强盗简直像打猪、狗一样轻而易举，为什么甘心受大老婆鞭打？"小妾答："这是我的名分所限，哪还敢说别的。"人们听了之后更加赞叹她的贤德。

这家的先生只知道娶来的是个小妾，并不知道她武艺高强，平时他也没有指责大老婆对小妾的虐待。大老婆自以为是一家之主可以为所欲为，因此对小妾肆意凌辱甚至鞭打。

但是当强人来袭时，情况发生了根本变化。先生跟大老婆躲在角落浑身发抖，早已吓得连大气都不敢出，小妾则挺身而出一人打跑了数十强盗。同时，她一出手便打得痛快淋漓，这伙强盗顷刻间抱头鼠窜、狼狈不堪，原来小妾是位武林高手。

在封建时代，小妾是需要"懂礼"的，而故事里的先生和大老婆都把"懂礼"的小妾当作只是相貌姣好而无本领的人来对待了。

有礼并不等于无能，有礼的人中也藏龙卧虎。

《水浒传》里的林冲对洪教头一让再让并以礼相待，而洪教头却以为林冲没本事，软弱可欺，便一步一步紧逼，结果被林冲打翻在地。对行事有礼的人，也宜以礼相待，否则难免落到大老婆和洪教头那样的尴尬境地，而欺凌有礼貌的人也最终必触霉头。

小妾武功超群却甘愿受大老婆的气，这是因为她知道做人的本分，因为在封建时代听命于大老婆是当时做妾的规矩。在现代社会，仍有自古延续下来的做人规范需要遵守。例如要尊敬父母、师长，不跟父母、师长吵架等，而按照这些规范处事必会受人尊重，就如同小妾严格依循当时做人规范行事而受到人们敬重一样。

76.《蹇偿债》
——欠债还钱是诚信

李著明为人慷慨，乐善好施。有个同乡在他家干活儿，此人懒惰但有些小技能，常做些杂事，而李著明每次给的钱都比较多，其中含有帮助他的意思。

有一次，他跟李著明借一石绿豆想做生意，但借了一年也没还。后来，李著明得知同乡做一石绿豆的生意亏了本，顾念同乡的处境不好过，也就没跟他要债，此事也就作罢了。不久，同乡去世了。

一天，李著明梦见同乡找他，说："我欠你一石绿豆钱，现在来还债。"李著明说："不就一石绿豆嘛，不用还了。"同乡说："如果干了活儿，即使给得再多也可以不还，但如果是借贷就算一升半斗也得还。"

李著明醒来后，对这话疑惑不解。几天后，家人告诉他家里的母驴生了头小驴。李著明忽然想："难道这小驴就是同乡吗?"后来李著明见到小驴，有意开玩笑地叫同乡的名字，小驴便立即跑了过来，好像知道是叫它似的。于是，李著明干脆用同乡的名字称呼小驴。

又过了一年，小驴因为跟一匹公马拴在一起而导致腿被咬伤了，以后也不能干活儿了。有位兽医对李著明说，可以把小驴交给他，他会精心医治好后把小驴卖掉，卖得的钱平分。李著明同意了医生的提议。

几个月后，兽医治好了小驴的腿并把小驴卖了，共卖得一千八百钱，其中的一半钱给了李著明。李著明接过钱一合计，钱数正好跟当初一石绿豆的价钱相同。

李著明知道同乡有困难，所以平时给他的报酬总是多一些，意在以比较体面的方式相助。对同乡借的一石绿豆，他并不介意，也根本没打算让对方还。故此，同乡托梦表示要偿还时，李著明婉言谢绝。

而同乡跟他的想法不同，同乡认为如果是自己干了活儿，李著明给的钱虽然多但有名分，自己是可以接受的。但是，如果是自己以“借”的名义要来的钱物就一定要还归还，哪怕是一点儿东西。

这位同乡有很强的诚信意识，即使他到了阴间仍设法偿还在阳间借的债务。所以，千方百计还债者就是有诚信的人。

他先是托生为小驴来报答李著明，后来小驴受伤不能干活儿了，他就在阴间安排把自己变成的小驴卖掉，并用所得钱款的一半来偿还债务。也就是说，即使卖掉自己也要还账，其诚信精神“可令顽石点头”。

郭沫若在《苏联纪行·六月三十日》中说：“一位大领袖倒不在乎每宴一次客，一定要来一套大演说的。诚信已孚，思想已移诸实践，不说话比说话还要伟大。”其中，“诚信已孚”中的“孚”是“使人相信”的意思。也就是说，讲诚信不在于说多少，只要做到了自然就有信誉，就会赢得信任，这就是“不说话比说话还要伟大”的内涵所在。

在生活中，笃实诚信的人说到底并不吃亏，其诚信所营造的信誉给自己开拓出了广阔的生存空间，还会给自己带来各种机遇。

77.《黎氏》
——跟陌生人亲近，等于引狼入室

谢中条三十多岁丧妻，带着两儿一女过活。想续娶，一时找不到合适的，便雇了个老妈妈照料孩子。

一天，谢中条在山路上走，忽然发现后面有个妇人。等妇人走近一看，是个二十岁的俊俏女子。他挺喜欢，就说："一个人走山路不害怕吗?"女子不搭理。他又说："娘子的脚这么纤细，走山路一定不便吧?"女子仍不理。他看四周无人便突然抓住她，然后拉着往路边山谷拽，并欲强行非礼。

女子大喊："哪儿来的强盗，野蛮欺负人!"谢中条继续拖拽。女子跌跌撞撞地走，说："你想做爱就这样对我啊? 放开我，我答应你。"两人到山谷做爱后互相爱悦，谢中条将家中情况告诉她，女子自称姓"黎"，是个寡妇，如今孑然一身，大伯不许她再嫁。

谢中条跟女子商量好"私奔"，一起悄悄回了谢家。到家后，谢中条把老妈妈打发走，让女子操持家务。女子为孩子们缝缝补补，很是勤劳。谢中条很宠爱这个媳妇，每天都关起门跟媳妇聊，也不跟外人来往了。

一个多月后，谢中条因公外出，从外面把门锁上走了。

他办完公事回来，开锁进门却不见媳妇，又发现里屋的门推不开，便破门而入，里面却一个人也没有。正要到卧室察看，忽然一只大狼冲出来跑了出去。他进卧室一看，发现一地鲜血，还有三个孩子的人头。他像疯了一样去追大狼，而这只狼早已不知去向了。

谢中条是个行为不端的人。他在山路上对女子说话轻佻暴露出了他的轻薄，强拉女子做爱更是犯罪行为，而他带女子回家更是极为轻率的举动。在荒山野岭偶然相遇，不知根知底就携带回家做妻子，显然谢中条已“色”令智昏。

而这恰恰是变化作女子的狼所期盼的，从事情的根源说本来就是狼挖的一个陷阱，谢中条不过是按照狼的预想落进了陷阱而已，只可怜谢的三个孩子被狼所戕害。

轻信陌生人话语，必落入某种圈套。

一般地说，受害者多有主观因素。例如因贪便宜买假货而上当，因图利而被诈骗钱财等。篱笆扎得紧，野狗钻不进。只要自身不贪图什么，头脑就会始终清醒，既不受蛊惑又不会被引诱。

对不知根底的偶遇之人应保持戒备，不宜随意亲近，更不宜带回家，而带初识的陌生人回家往往就是引狼入室。

在现代社会中，时或听说年轻女子与网友约会而遭遇不幸。其实，跟任何陌生人、初识者都要保持一定警觉，尤其对陌生人或初识者抛出的某种金钱或美色引诱更须高度防范。如果一看有利就上钩，以为自己碰上了“好运”，势必像谢中条一样家遭厄运。

78.《潍水狐》
——狐狸精也不搭理见钱眼开的人

潍县的李先生想出租多余宅院。一天，来了个老头要租房，愿每年交五十两银子，李先生同意了。但过了一段时间，再也没见老头踪影，于是李先生就让家人再找别的租户。

又过了些日子，老头来了，问：“不是说好了吗？怎么又要租给别人？”李先生向其说明了情况。老头解释说：“我要选择吉日搬家，十天后准来。”说着，老头先交了一年租金。

十几天过去了，没见动静。李先生到那个院落察看，见院门虽然关着里面却炊烟袅袅、人声嘈杂。李先生很惊讶，拿上名帖去拜访，老头热情相迎、笑容可掬、话语亲切。

李先生回家后，派人给老头送些礼物，老头也回赠了丰厚礼品。

数日后，李先生设宴款待老头，宾主欢洽，气氛愉悦。李先生问老头的家乡，回答说在陕西，因为那里将发生灾难，所以便移居此地。

隔了一天，老头回请李先生。宴会和室内陈设十分豪华、气派，李先生猜想老头或许是退下来的高官。两家渐渐交往深了，老头告诉李先生自己是狐狸精，李先生惊得目瞪口呆。

城里一些官绅听说此事乘车而来想跟老头结交，老头都恭敬地接待他们。渐渐地，郡里的官员也来拜访。

唯独本县县令要见老头时，他总是借故推托。县令再三恳请李先生引荐，老头仍不愿见。

一次，李先生询问老头不愿见县令的原因。老头从座位上慢慢站起来，走到李先生跟前，小声说："县令前世是头驴，现在虽然人模狗样地管辖一方，其实他是个见钱眼开且只要给钱什么都干得出来的无耻之徒。我虽然不是人类，也羞于跟这样的人交往。"

县里的官员、绅士纷纷来拜访老头的时候，县令就想登门拜访，但被老头婉言谢绝了。后来郡里的高官也来拜访老头，县令就更坐不住了，也更急于想会见这"一方神圣"，但老头始终不愿意见。

爱钱的官员不少，但是像县令这样只要给钱就甭管多卑鄙龌龊的事都干得出来的人不多。这样的人让老头觉得恶心，便不愿与之晤谈。

《世说新语·德行》里说，管宁和华歆两位朋友在园子里锄菜，见地上有块金子，华歆高兴地捡起来，管宁无动于衷。华歆一看管宁神色，只得扔了。两人在读书时，有个高官乘坐华美车子从门口过，华歆出去观看，管宁仍旧读书。管宁把坐席割断，对华歆说："子非吾友也。"意思是，你不是我的朋友。

管宁是品行高洁之士，不愿与利欲熏心的人交往。对县令这样见利忘义的人，甚至连狐狸精都不搭理他，并耻于与之来往。

见利忘义者，遭人鄙视。

蒲松龄写这个故事已经有三百多年了，但这种唯利是图的人现在仍然存在，像故事里县令这样贪得无厌的官员更是仍然存在。这样的人，在蒲松龄笔下，连狐狸精都不愿意与之交往，故而在新时代里这样的人更应该被众人所唾弃。

79.《水灾》
——孝敬老人者，孩子会得到庇佑

石门庄有位老汉，傍晚时看见两头牛在山上顶着角打架，根据多年气象经验，他知道大雨即将来临。于是告诉村民：“要下大暴雨了，洪水快来了。”村里人不但不信，而且还嘲笑他。于是，老汉只好独自携全家搬走了。

过了几天，突降倾盆大雨昼夜不停，不但平地水深数尺，而且房屋都被淹没了。

一位村民发现事情不妙，赶紧跟妻子搀着老母亲到一个高冈上躲避。当他们返回寻找孩子的时候，村子已经成了一片汪洋，夫妻二人悲痛极了。

大水退后，全村成了废墟。两口子跟母亲回到家里，发现房子都倒塌了，只有一间保留了下来。三个人推门进去，都万分惊喜——两个男孩儿正坐在炕上玩耍呢，安然无恙。

村里人都说，这是两口子行孝得到的好报。

这个故事虽是《聊斋》里一个很短的故事，却寓意深刻。

农夫两口子是想把老人、孩子同时转移到安全的高地上去，一时找不到孩子，只得先把行走困难的老母搀扶到高冈上。当他们往高冈上走的时候，他们心里一定很煎熬，一定十分担忧孩子的安全。

刚把老人安顿好，两人就立即往下跑，但已经来不及了，大水已经吞没了村子，许多房屋的房顶都看不到了。两人哀痛欲绝，然而出乎两口子意料，水退后孩子还在屋子里玩耍，并且安然无恙。

孝敬老人者，孩子会得到庇佑。因为行孝是善举，也是受人尊敬的，所以会有好报。

俗话说："百善孝为先。"如今，在快节奏的社会生活中更应倡导孝道。有孝心的人，不论社会地位高低，不论贫穷还是富有，都会受到尊重。反之，任何不孝的行为都会受到社会的抨击和责难。讲孝道的人心中有道德意识，其言行必在一定的道德范畴之内。因此，讲求孝道的人，在社会上多为人所信赖。这种人也会更多地得到人们的帮衬，就像石门庄的那户农家受到神灵庇护一样。

80.《蕙芳》
——仙女也喜欢忠实厚道的人

马二混以卖面为生，家境贫寒，跟老母一起度日。

一天，来了个女孩儿，衣着朴素但容貌美艳。马母惊问来历，女孩儿说：“你儿子忠厚本分，我愿意嫁到你家。”马母估计是从富贵人家逃出来的，没敢留。几天后女孩儿又来了，马母再次拒绝。

又过了几天，附近的吕婆婆说邻家有个叫“董蕙芳”的女孩儿无依无靠，愿来马家做儿媳。马母答应了。

天快黑时，董蕙芳来了。她先参拜马母，随后说自己有两个丫鬟，但马母说穷人家使唤不起丫鬟。蕙芳又告诉马母，她们不花费，自己有饭吃。然后，蕙芳一呼唤两个丫鬟就来了，并先叩见了马母。

马二混回家了，听母亲说了此事高兴坏了。他进屋一看，屋里布置得如同宫殿，大吃一惊，几乎不敢进屋。蕙芳来迎接他，二混见蕙芳美如天仙，吓得直往后退。蕙芳拉着他，亲切地跟他说话。马二混喜出望外，站起来去买酒，蕙芳道：“不用去。”丫鬟拿出一个大口袋，从里面拿出美酒和热腾腾的佳肴。天亮后，母子俩出门一看，还是原来的破草房，觉得很奇怪。

马母到吕婆婆家问蕙芳底细，吕婆婆说：“很久没去你家了，哪儿有邻家‘董蕙芳’的事啊?”马母把事情一说，吕婆婆跟马母一起来看新媳妇。蕙芳迎了出来，再三感谢吕婆婆说媒。吕婆婆见蕙芳贤惠秀丽，惊愕许久也不再辩解，只得随声附和。蕙芳送给吕婆婆一个白木的痒痒挠，吕婆婆拿回家细一看，原来是白金的。

四五年后，蕙芳突然对马二混说：“我被贬人间十几年了，因为和你有缘，故暂留你处，现在要走了。”马二混苦苦挽留，但蕙芳告诉他：“另外选个好伴侣吧，过些年我会来看你的。”说完，不见了。

后来，马二混续娶了秦氏。三年后，蕙芳来看了马二混一次，并告诉他会高寿八十。马二混为人淳朴，少言寡语，此外没别的长处。

马母开始拒绝蕙芳，怕她是从大户人家逃出来的，如果做儿媳会惹来麻烦，但后来看一切平安也就接纳了。马二混最初万分惊讶，后来跟蕙芳和谐融洽，对蕙芳增加了情感，不愿蕙芳离去。

蕙芳是艳如桃李的仙女，暂留人间时选择了马二混家。马二混家庭贫寒，蕙芳看上的是他的淳朴、笃厚，所以蕙芳第一次来马家就对马母说自己看中的是马二混的“忠厚、本分”。蕙芳为做马家媳妇来了一趟又一趟，即使两次遭拒也不放弃。蕙芳跟马二混过得很舒心，故而返回天庭前说自己与他“有缘”。几年后，蕙芳也再次来马家探望了马二混，这些都表明了蕙芳对马二混的留恋。

蕙芳“择婿”的标准是人品“淳朴、笃厚”等，其实就是两条：第一，忠实可靠；第二，为人厚道。她并不在乎家庭是否富有，小伙儿是否帅气，如此看来仙女也喜欢忠实、厚道的先生。

如今，女孩儿挑选男友有各种各样“标准”，如长相、身高、家庭情况等。但是可以说，女孩儿都希望自己的丈夫在品德上忠实可靠、为人厚道。

为人忠实厚道不仅是择婿的标准，也是用人的标准。所以，各单位也都愿意这样的人担任重要职务。首先，这样的人可靠；其次，这样的人能与人和谐相处。可以说，忠实厚道是中华民族自古以来所赞赏的传统美德。